당신은 고통받지 말아야 할

이유가 있나요

당신은 고통받지 말아야 할
이유가 있나요

장수용 지음

하움

Prologue

강력함 속에 섞인 나약한 존재

산골짜기 계곡 탐험과 태권도를 좋아하는 열한 살. 원한 적은 없지만 이른 나이부터 가사를 도맡아 하기 시작했고 직장이 멀리 있는 아빠는 일주일에 두세 번만 볼 수 있었다. 덕분에 나의 초등학교 시절 대부분은 혼자이거나 친척들 손에 두루두루 맡겨져 자라왔다.

종종 동사무소(주민센터)에 가서 김치, 쌀, 라면 등을 수령했던 것으로 보아 우리 집은 여유롭지 않았던 것 같다. 아마도 당시엔 지금처럼 체계적인 기초생활보장법이 없을 때여서 식량을 주로 나눠줬을 거라 예상된다.

하지만 당시 가난이라는 것에 대해 알기엔 너무 어렸고 내 주변에는 종종 나와 같은 애들이 있었기에 원래 다들 그렇게 사는 줄 알았다. 중학교를 올라가기 전까지 말이다.

중학교를 올라가니 좀 더 넓은 지역의 친구들을 만날 수 있었고 나는 곧 새로운 친구를 사귀게 되었다. 그 친구는 그 지역에서 유일했던 아파트 단지에서 살았다.

내가 사는 곳은 산동네였지만 지금 생각해 보면 탁 트인 시야가 일품인 곳이었고, 산 중턱에 있는 공터에서 평지를 내려다보면 저 멀리 뾰족뾰족 솟아 있는 아파트 단지 하나가 희미하게 보였다. 당시 높아야 5층 건물이 전부였던 시절에 그런 높은 건물들이 모여 있는 곳은 어린 나에겐 신비로운 곳이었다.

그런 미지의 공간에서 사는 친구 덕분에 아파트라는 곳을 처음 방문하게 된 것이다. 단지에 그렇게 많은 사람이 사는 곳인 줄도 몰랐고 곳곳에 놀이터와 주차장 그리고 테니스장까지 겸비된 모습은 나에게 작지 않은 문화충격이었다. 혹여나 단지 내에서 길을 잃어 입구를 잘못 나오면 산 하나를 빙 돌아서 집까지 2시간을 넘게 걸어야 했다.

사실 나에게 가장 인상적이었던 것은 아파트 자체가 아니라, 친구 어머니가 해 주었던 흑설탕을 뿌린 토스트였다. 지금 생각하면 그냥 계란물에 적신 식빵을 팬에 구워 흑설탕을 뿌린 별거 없는 간식일 뿐이지만, 흑설탕의 존재도 처음 알았을뿐더러 촉촉하고 따뜻하고 달달한 토스트의 맛은 지금도 잊을 수 없다.

당시 나에게 익숙한 간식이라곤 고구마, 감자 등을 계곡에 가져가서 민물 가재와 함께 구워 먹었고 지금 길거리에서 흔하게 접하는 돈가스나 통닭은 정말 특별한 날에나 먹을 수 있었다. 그랬던 나로서는 계란 토스트라는 음식은 다른 세상을 본 것처럼 느껴졌다.

친구와 토스트도 맛있게 먹고, 숙제도 같이 하고, 놀이터에서 술래잡기도 하고, 즐거운 시간을 보낸 후 집으로 돌아오는 길에 난 알 수 없는 감정을 느꼈다. 당시에는 나이가 어려 잘 몰랐지만 얼마 시간이 지나지 않아 그 감정의 진실을 금방 알게 되었다. 그것이 내 인생 첫 열패감의 시작이었다는 것을.

어쩌면 사춘기였는지도 모르지만 중학교 1학년 내내 도시락에 들어 있는 김치와 단무지 콩나물국 때문에 나의 열패감은 더해져만 갔고 나는 언제부턴가 모여서 밥을 먹는 것을 포기하며 새벽부터 도시락을 싸주는 할머니에게 짜증을 내면서 자존심만 내세웠다.

지금 생각해 보면 당시 담임선생님은 그런 나를 조용히 챙겨주시곤 했다. 아주 가끔이지만 다른 친구들 반찬 맛을 보겠다며 반을 휩쓸고는 햄이나 고기반찬만을 남겨 나에게 와서는 "선생님이 단무지를 엄청 좋아하는데 이 반찬들이랑 거래할래?"라고 말했다. 처음엔 선생님이 단무지를 정말 좋아하는 줄 알았는데, 몇 번이 반복되어서야 나의 기분을 고려한 보살핌이었다는 것을 알 수 있었다.

나의 가난의 냄새가 학교에 퍼질 때쯤 우정에서 동정으로 변화하는 친구들의 태도는 나를 점점 구석으로 몰아갔고 그런 외부적인 문제에만 신경을 쓰니 당연히 성적은 곤두박질을 칠 수밖에 없었다.

2학년이 되어서는 평균 90점대의 성적이 70점대를 겨우 유지했고 성적표가 나온 날에는 늘 혼나고 울었던 기억밖에 없었다.

정말이지 나에게 중학교 생활은 151cm 작은 키에 정신력도 형편없어 늘 주눅 들어 있는 평균 이하의 학생이었다.

중학교 2학년이 끝나갈 때쯤 학교 축제에서 이런 침울한 나를 해방시켜 주는 것을 발견했다. 바로 춤이었다. 나는 너무 신기하고 화려한 모습에 한눈에 매료되었고 그렇게 비보잉이라는 춤에 푹 빠지게 되었다. 친구가 별로 없던 나는 춤 연습을 하면서 친구를 사귀게 되었고 처음으로 학교생활이 즐거워졌다.

　학교 복도 끝 구석에서 매일 같은 음악 위에서 연습했던 춤은 어느 순간 나와 너, 우리와 너희라는 개념을 허물게 만들었고 그 자유로움과 해방감은 말로 표현할 수 없었다. 어쩌면 가난의 냄새가 나도 상관이 없는, 열패감의 해방이 즐거웠을지도 모른다.
　이런 즐거움도 잠시, 또래 친구들이 고등학생이 될 나이쯤 나는 내가 알 수 없는 혹은 알면 안 되는 복잡한 가정사로 인해 아빠와 떨어져 잠시 집을 나와 자립해야만 했다.
　집을 나와 친구들 집과 친척들 집을 옮겨 다니며 지내다가 결국 고등학교를 자퇴하고 친했던 형 집에 얹혀살며 본격적으로 일을 하며 춤을 추기 시작했다. 다행스럽게도 형의 부모님들은 나를 정말 친자식처럼 대해주셨다. 그렇다고 내가 정말 자식처럼 편한 것은 아니었지만, 지금 생각해보면 이분들의 따뜻함이 없었다면 지금 내가 어찌 되었을지 상상이 가지 않는다.
　몇 개월이 지났을까? 내 것이 아닌 따뜻함에 조금씩 익숙해지는 나를 발견했고 그런 모습이 두려웠던 내가 선택할 수 있었던 것은 너무도 감사했던 시간을 등지고 다시 홀로서기 위해 고시원에 들어가는 것이었다.

처음은 전단지, 찹쌀떡, 신문 배달 같은 시간적 여유가 있는 일을 하며 비보이 연습을 병행했다. 그러나 그런 삶은 궁핍할 수밖에 없었고 매달 월세를 걱정하고, 매주 식량을 걱정하고, 매일 차비를 걱정하는 삶을 살아야만 했다.

시간이 갈수록 나의 궁핍은 커져 갔고 어느 순간부터 식당, 카페, 백화점, 심지어 유흥업소까지 나의 시간을 온전히 다 쏟아부어야 하는 일들을 찾아서 하기 시작하며 그토록 즐거워하던 비보잉과 점점 멀어져만 갔다.

더 이상 크리스마스에 대한 설렘이 느껴지지 않을 때쯤 나는 이미 냉소주의적 가치관에 사로잡히게 되었고, 삶의 목적은 오직 '먹고사는 것'으로 바뀌어 있었다. 독종같이 살기도 했으며 때론 모든 것을 포기한 듯 폐인처럼 살아가기를 반복했다.

꿈을 향해 달려가야 할 시기에 생존이라는 명목 아래 닥치는 대로 일만 했던 나는 매일 꿈 없는 잠을 자야 했고 세상에 대한 열패감과 자격지심은 다시 솟아나고 있었다. 어찌 보면 미련하기도 하고 열정적이기도 했던 삶이었지만 내가 원했던 것은 그저 남들처럼 살아가는 것뿐이었다. 그렇게 나의 젊음 대부분을 '난 남들과 다르지 않아.'라고 혼자 주장하며 보내고 있었던 것이다.

20대 중반, 그 누구에 대한 믿음도 없었고 나조차 믿을 수가 없어 삶의 의미를 잃어가고 있었을 때 이런 나를 다시 살도록 해 줬던 것은 다름 아닌 춤이었다. 조금씩 비보잉을 다시 시작하면서 종종 다른 비보이팀의 공연을 도와주기 시작했고 그럴수록 춤에 대한 나의 갈증은 심해져만 갔다.

나는 남들처럼 평범한 척 먹고산다는 것에 환멸을 느끼기 시작했고 서서히 마음이 병들어 가고 있음을 예감하고 있었다.

어린 나이부터 학습한 차가운 미소 뒤는 아무도 볼 수 없지만 마치 블랙홀 같은 암흑으로 가득했고 사건의 지평선 끝에 아슬아슬 매달려 있을 때쯤 중요한 한 가지를 깨달았다. 오랜 시간 잊고 살았지만 나에게는 자유가 있다는 것이다. 무언가를 쟁취할 자유가 아닌, 포기할 자유 말이다. 평생을 갈구했던 남들처럼 살아가기를 결국 포기했고 마치 나는 세상을 배척하는 심정으로 블랙홀 속으로 빨려 들어가 버렸다. 내 인생의 커다란 첫 번째 포기였다.

막연하게 나의 비보이 삶은 다시 시작되었고 전부터 종종 공연을 도와주던 유명한 팀에게 함께하고 싶다고 부탁했다. 사실 아쉬운 것이 없던 멤버들은 고맙게도 별 볼 일 없던 나를 받아 주었다. 문제는 그들은 이미 세계적으로 인정받는 최정상 비보이팀이었지만 나는 몇 년을 쉬었다 복귀해 과거에 머물러 있는 비보이였을 뿐이었다. 시대에 뒤처져 있던 나는 조급한 마음에 유행이라는 파도에 쉽게 휩쓸렸고 내가 원했던 춤이 뭔지도 잊은 채 허우적거렸다.

틈틈이 이런저런 아르바이트를 하면서 생활했던 나는 팀 내 분위기에 더 몰입할 수 없었고, 마치 어린 시절로 돌아간 듯 나는 다시 주눅 들어가고 있었다. 그때 나는 정신도 능력도 형편없는 가장 강력함 속에 섞인 가장 나약한 존재일 뿐이었다.

물론 팀 생활은 오랜 시간을 함께 활동하며 많은 기회도 주어졌고 멋진 경험으로부터 배운 것도 많이 있다. 하지만 그런 와중에도 언제나 겉돌고 있는 나를 발견했고 마치 지구를 바라보는 달처럼 나의 한쪽 면만을 보여주며 가깝지만 섞일 수는 없는 관계로 오랜 시간을 보내야만 했다. 결국 다른 가치관을 가진 그들과 섞인다는 것이 쉽지 않다는 것을 받아들였고, 그러자 내가 정말 하고 싶은 것들이 보이기 시작했다. 이렇게 난 두 번째 포기를 한 것이다.

대한민국에 유튜브 서비스가 시작되고 한때 DVD로만 접하던 외국 영상들의 접근성이 좋아지자 영상에 관심이 생기기 시작했다. 이 호기심을 시작으로 영상을 공부하게 되었고 새로운 걸 학습하고 알아가는 것에 재미를 느끼게 되었다. 무엇보다 춤 이외에 또 다른 무언가를 창조해내는 성취감은 나를 사로잡기에 충분했다. 춤과 영상의 조합은 나를 즐거움이라는 세계로 이끌어 주는 듯했다.

하지만 그런 생활도 잠시, 나는 미루던 군 복무를 해야만 했다. 집안 형편이 온전치 못한 나에겐 다행히도 공익 근무 요원으로서 겸직 허가를 받아 팀 생활을 병행할 수 있었고, 몸은 힘들었지만 그래도 생활비 걱정은 덜 수 있었다. 국제적 사회단체에서의 근무 환경은 나에게 크고 작은 사회적 문제에 눈뜨게 했고 감정적으로 바라보지만 이성적으로 판단하는 방법을 일깨워 주기도 했던 좋은 경험이기도 하였다. 그렇게 아직 철들지 않은 서른 살 군인의 신분으로 사회 속에서 살아가는 게 익숙해진 추운 겨울날 밤, 아빠는 세상을 등졌다.

사람이 죽으면 선택해야 할 게 그렇게 많은지 전혀 몰랐다. 혼자서 치르게 된 장례식은 나에게 슬픔을 받아들일 시간조차 허락하지 않았고, 눈물 한 방울 제대로 흘릴 수 없을 정도로 해야 할 일이 많았다. 마지막 발인 날이 되어서야 눈에서는 그동안 못다 했던 말 만큼의 눈물이 소리 없이 주룩주룩 흘러나왔다.

감정에 취해 우울할 시간도 없이 병원비와 장례식 비용 카드값 등 현실적인 문제를 해결해야만 했다. 나를 더 힘들게 했던 것은 내 기분과는 상관없이 너무 잘, 그것도 아름답게 세상이 돌아간다는 것이었다.

여태껏 혼자서 잘 살아왔다고 생각했던 나는 정말 혼자인 내가 되어버리자 마음 깊은 곳 공허함과 허무함으로 가득했다. 사망신고를 한 날부터 엉망진창으로 살았고 아무렇지 않은 척 살았으며 이런 나를 의식하는 주변 사람들이 싫었고 의식하지 않는 주변 사람들도 싫었다.

나의 고통에 대한 근원을 찾아 원망하고 싶었지만 그 무엇도 찾아낼 수도, 원망할 수도 없었으며 오히려 시간이 지나면 지날수록 깨달은 것이 있다면 나에게는 고통받지 말아야 할 이유도 딱히 없었다는 것이다.

몇 개월간 마치 투명 인간처럼 지내던 나는 제대를 했다. 이후 감당하기 어려운 현실을 덮고자 내 주변이 아닌, 나에 대한 정보가 없는 사람들을 만나 낯선 환경에서 낯선 일들을 하기 시작했다. 나 스스로 만든 극도의 긴장감은 나의 풍전등화 같던 시간을 생각보다 빨리 덮어주었고 아이러니하지만 나를 모르는 사람들과 만나며 나 스스로를 지워냈으며 동시에 나를 조금씩 다시 찾을 수 있었다.

그 이후 내가 할 수 있는 일들을 가까운 곳이 아닌 외부에서 조금씩 찾기 시작하였고 감사하게도 작은 기회들이 생겼다. 춤과 영상을 이용하여 종종 다른 예술가들과 협업이나 워크숍을 만들 수 있었고 이런 상호 간의 깊은 교류는 어느 순간 교감으로 바뀌었다.

얼마 지나지 않아 작은 기회는 더 좋은 기회로 이어졌다. 나는 장르의 경계를 벗어나 현대무용, 미술, 음악, 서커스, 파쿠르, 트릭킹, 비주얼아트 등 셀 수 없는 다양한 장르와 다양한 국적의 예술가들과 많은 교류를 경험할 수 있었다. 그들과의 경험은 내가 기존에 미처 생각지 못한 관점, 가치관을 일깨워 줬고 차갑고 거친 아스팔트를 걷던 나의 삶을 촉촉하고 풍성한 숲길로 만들어 주는 계기가 되었다.

새로운 것들을 알아가는 과정에서는 성취감과 동시에 필연적으로 나의 새로운 모습도 발견하게 된다. 그리고 이건 나에게 있어 그 어떤 것을 알아가는 것보다 즐거운 경험이고 내가 지나온 시간 모두 나를 알아가는 과정이었음을 일깨워 주기도 한다.

엄마를 잃었을 때, 11살 조그마한 손으로 처음 쌀을 씻었을 때, 토스트 하나에 열패감을 느꼈을 때, 찹쌀떡을 팔며 첫 수익 활동을 했을 때, 남들처럼 살기를 포기했을 때, 아빠를 잃었을 때 이 모든 순간이 지금의 나를 만들었다고 생각하니 하나하나가 너무 소중하고 나 자신이 대견하게 느껴진다.

늘 세상이라는 기준에 맞춰진 시간을 달리던 나는 나만의 시간을 맞추는 법을 알게 되었다. 물론 정답이 없는 삶에 실패와 시간 낭비를 경험하고 때로는 굉장히 비효율적일 때도 있지만 삶을 살아감에 있어 나에게 중요한 것은 효율이 아니라 자유와 책임이라는 신념, 그리고 약간의 질문뿐이다.

만약 누군가가 나에게 삶이 행복한지 묻는다면 그렇다고 쉽게 대답할
수는 없겠지만, 적어도 불행하지 않다고 쉽게 대답할 수는 있다.

돌아보면 딱히 행복한 적이 없던 나는 단지 현재에 몰입하고 지금을
즐기며 살아갈 뿐 더 이상 과거의 나처럼 행복하기를 갈망하지 않는다.
그저 배운 게 많이 없어서 알아가는 것이 즐거운 내가 좋고 가진 게 많이
없어서 잃을 것이 많이 없는 내가 좋다. 나는 지금도 여전히 나만의 방식
으로 나만의 시간을 달리는 것뿐이다.

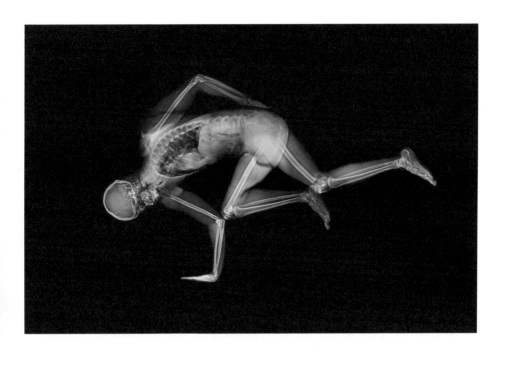

Contents

PART 1

나 그리고
자 신

'거울신경세포'는 타인으로부터 감정, 행동, 생각 등 모든 것을 모방
하도록 디자인이 되어있다. 아이가 부모로부터 자연적으로 웃는 얼굴과
슬퍼하는 얼굴을 배우듯이 모든 인간은 상호 간의 교류에 의해서 자신
의 모습이 형성된다.

즉, 사람과 사람을 통해서 지식이나 관습, 전통, 모든 문화가 지속
적으로 이어지게 되는데 이러한 사회 현상을 리처드 도킨스(Richard
Dawkins)는 밈(Meme)이라고 정의했다.

넓은 의미에서 밈은 아주 중요한 사회 형성 과정이다. 밈은 때로 민족
의 정체성이 될 수도 있으며 한 시대의 대표 문화가 될 수도 있다.

하지만 개개인의 입장에서 본다면 이러한 과정은 마치 타인화 되어 사
회 속에 흡수되는 것이기도 하며, 자신의 독립적인 모습과는 거리가 먼
이야기일 수도 있다.

누구든지 개인마다 내면의 모습을 가지고 살아가지만 오히려 다들 숨기고 감추며 살아가는 데 익숙하다. 그 익숙함으로 인해 내면에 존재하는 자신의 모습을 꺼내어 볼 생각도, 다듬어 볼 생각도, 이해하려는 생각도 하지 않게 된다. 스스로를 숨기는 시간이 오래 지속될수록 자신의 진짜 모습이 무엇인지 알 수 없게 되어버린다.

자신을 잃게 된다는 것은 스스로에 대한 확신도 잃는다는 것을 뜻하며 이는 자연스럽게 외부적 요소에 대한 높은 의존성으로 이어지기도 한다. 자신의 삶을 돌아봤을 때 온통 타인에게 물들어 있는 삶이 되길 원하는 사람은 없을 것이다.

아이러니한 사실이지만 사람들과 협력하며 살아야 하는 인간에겐 사실 독립성이 굉장히 중요하다. 세상엔 분명 다수와 함께하지만 남들과는 다르게 자신의 독립성을 잃지 않았던 균형 있는 삶을 살았던 사람들이 있다.

여기서 말하는 독립성은 타인과의 교감은 무시한 채 외부의 자극에 민감하게 반응하고 받아들이기를 꺼리거나 자신의 존재만을 중요하게 여기는 독선적인 모습과는 다르다. 그렇다고 그 어떤 특정한 상태를 뜻하는 것은 아니다. 독립성이란 그 어떤 진리를 추구하건 한걸음 뒤로 물러나서 3자의 입장으로 자신에게 질문하고 자신의 내면을 탐구해 가면서 점점 나의 선택을 사랑하고 신뢰하게 되는 이 모든 과정을 의미한다.

자신의 선택의 자유나 개인적인 취향 등 침해가 지속적으로 발생하는 관계는 결국 서로에게 불편한 관계로 발전하게 될 가능성이 높다. 쉽게 말해 모든 사회적 관계란 각자의 독립성이 유효할 때 지속이 가능해지는 것이다.

우리 모두 인생을 살아가는 동안 자연스레 독립성이 자리 잡기 마련이다. 어린 시절을 생각하면 항상 부모님이 사다 주던 옷을 입었던 자신이 어느 순간부터 자신이 원하는 옷을 스스로 골라 입고 모두가 좋아하는 대중적인 입맛에서 자신만의 별미라는 음식을 찾게 되며, 대중이 열광하는 음악을 듣다가 때로는 나만이 공감할 수 있는 음악을 선호할 때가 있듯이 자신만의 독립적 성향은 누구나 가지고 있다.

그러나 많은 관계로부터 여러 간섭을 받다 보면 때론 판단이 흐려지기도 하며 그때마다 외부적인 영향에 별생각 없이 쉽게 의지하게 되기도 한다. 마치 자신에게 딱 맞는 옷을 발견했을 때 별다른 생각 없이 쉽게 구매하듯, 자신과 비슷한 타인의 의견이나 생각을 의심 없이 쉽게 받아들인다는 것이다.

특히 미디어나 정치권은 이것을 아주 잘 이용하는 집단이다. 홈쇼핑에서 '마감 임박' 같은 문구나 정치인들의 포퓰리즘 같은 자기 어필은 많은 대중의 마음을 흔들기도 한다. 이러한 방식에 휩쓸려 별다른 생각 없이 쉽게 동의한다는 것은 자신이 생각할 기회를 빼앗김과 동시에 더 나아가서는 선택의 권리까지 지배당하도록 내버려 두는 것과 같다.

자신에게 딱 맞는 옷을 발견하더라도 보이지 않는 곳에 구멍이 나진 않았는지, 옷감의 재질은 무엇인지 조금 더 면밀히 살펴볼 필요가 있는 것이다.

자신의 독립성을 지키기 위해서는 나와 생각이 비슷한 의견을 상대가 제시할 때나 반대되는 의견을 제시할 때 쉽게 동조하거나 빠르게 거부하는 것이 아니라 한 번 더 질문해야 한다. 정말 필요한 것인지, 또 다른 방향은 없는지, 정확한 의도가 무엇인지 말이다. 이처럼 자립적 사고에 의한 자아 검열은 무의식적으로 편향된 사고를 바로잡고 동시에 내 삶의 주인이 나라는 것을 확인시켜 준다.

사람은 가끔 그 어떤 선의를 품은 행동이라도 상대가 원치 않으면 하지 말아야 한다는 사실을 잊을 때가 있다. 그 선의로 인해 누군가의 자율적 선택이 무시된다면 이것은 상대의 독립성 침해하는 것과 다르지 않다. 가스라이팅(Gaslighting)과 인에이블러(enabler)처럼 타인의 자존감 침해, 독립성 침해하는 모습들은 사실 자세히 보면 주변에서도 찾을 수 있다.

특히 상대의 심리를 임의로 조작하여 자신의 이익을 추구하는 가스라이팅과는 달리 인에이블러는 상대를 위하는 마음이 진심이며 오히려 그 마음이 과할 때 일어나는 현상이다. 그렇기 때문에 의식하지 않는다면 누가 누구에게 피해를 주고 있는지, 그 피해가 어떤 식으로 발현되는지 잘 보이지 않는다.

혹시 미숙한 부분을 자신이 채워 준다는 의미로 타인의 성취감을 침해하고 있는 건 아닌지, 성공을 바란다며 자신의 잣대로 타인의 선택권을 빼앗고 있는 건 아닌지, 사랑이라는 명분으로 타인의 자유를 자신의 틀에 가둬 놓고 있는 것은 아닌지 잘 생각해 봐야 한다.

이러한 현상은 사람 관계뿐 아니라 심지어 애완동물을 기르는 사람에게서 쉽게 볼 수 있다. 1인 가구가 늘어가면서 외로움을 달래기 위해 반려견, 반려묘 등 애완동물 키우는 사람이 점점 늘어나고 있다. 아마도 대부분의 애완동물을 기르는 사람은 당연히 동물을 사랑하기 때문에 키운다고 말할 것이다. 그리고 자신이 키우는 동물은 야생동물들보다 안전하고 오래 살아간다고 말하며 자신과 함께하는 동물은 무조건 행복할 거라는 오만한 생각을 하기도 한다.

보통 애완용 개의 수명은 품종마다 차이가 있지만 10~15년이며 길게는 20년 가까이 살기도 한다. 그에 비하면 야생 들개는 열악한 환경으로 인해 평균 수명이 5년이며 길어야 10년밖에 살지 못한다. 하지만 야생 들개보다 애완용 개가 오래 산다고 행복한 것은 아니다. 야생에 사는 들개들은 열악하지만 자유롭다. 그들은 원할 때 동족들과 함께 달리고 원하는 만큼 눈으로 보고 냄새를 맡고 느낄 수 있다. 자유롭게 달리면서 살아야 할 개들은 꽉 막힌 집에서 매일 동일한 냄새를 맡아가며 오직 인간의 환경에 맞춰져 가축화된 삶을 살아간다.

가끔 주어지는 산책은 매일 하루 2시간씩, 20년 동안 해 봐야 전부 합쳐도 2년이라는 시간도 되지 않는다. 만약 신이 당신을 200년을 살게 해 주는 대신 목줄을 차고 오직 20년의 자유시간만이 주어진다면 과연 당신은 나머지 180년을 행복하다며 살아갈 수 있을까?

선택지가 없는 애완동물은 그저 인간에 의해 가축화라는 희생을 당해 온 것뿐이다. 게다가 단기간에 생겨난 수많은 품종은 오랜 시간 이루어진 자연적 진화가 아닌, 인간의 개입이 들어간 가축화의 산물임을 말해준다. 애완동물을 소유한 대다수의 사람은 애완동물은 사람의 소유물이 아니라고 말한다. 그들은 애완동물들의 자율성을 자신들이 이미 소유하고 있다는 사실을 망각하고 있는 듯하다. 애완동물에 대해 인간은 행복감이 아닌 죄책감을 더 크게 느껴야 하는 부분이다.

사실 인간에게 있어 가장 성공한 가축화는 개, 소, 고양이, 말 같은 짐승이 아닌 바로 인간이다. 따지고 보면 우리가 생각하는 동물을 길들이는 것과 크게 다를 바 없기 때문이다. 부모는 자식을 낳으면 품어 주고, 사랑을 주고, 먹이를 주고, 교육한다. 때로는 잘못된 행동에 훈육하기도 하며 그렇게 인간이 만든 사회에 잘 적응하게끔 길들인다. 애완견에게 하는 행동과 다른 것이 거의 없지만 다른 점이 하나 있다면 바로 독립성이다.

인간 가축화의 최종 목적은 결국 자신이 없어도 잘 살아갈 수 있는 독립적인 존재로 만들어 주는 것이다. 그렇지 않았다면 인간은 문명이 탄생하기 이전에 벌써 멸종했을지도 모른다.

자식이 사회적으로 인정받길 원하는 부모의 마음은 똑같다. 그런 모습을 위해 부모는 자식에게 많은 희생과 노력을 하지만 만약 부모가 생각하는 그 '사회적 인정'이라는 것에 자식의 선택과 입장이 결여되었다면 그 부모는 적절한 사회적 위치에 자식을 끼워 넣고 자식 농사 잘 지었다며 위안 삼고 싶어 할 뿐이다.

부모는 자식의 선택을 존중하고 책임지는 방법을 알려주고 스스로 독립적인 삶을 살도록 도와주는 조력자 그 이상도 이하도 아니다. 반대로 자식 역시 부모를 설득할 수 있는 신뢰도 높은 책임감과 자존감으로 자신의 독립성을 지킬 수 있는 자질을 갖춰야 한다. 건강한 인간관계란 개인과 개인의 간극을 인정하고 서로의 독립성을 존중할 때 비로소 실현된다.

네가 누구인지, 무엇인지 말해 줄 사람은 필요 없다.

너는 그냥 너 자신일 뿐이다.

- 존 레논 (John Lennon)

독 립 성 의
부   재

영화 「쇼생크 탈출」은 교도소라는 폐쇄된 작은 세계에서 수감된 범죄자들과 그들 위에서 군림하는 더 범죄자 같은 교도관들의 이야기이다.

극 중 조연으로 등장하는 브룩스는 절도죄로 종신형이라는 조금 과한 선고를 받았지만, 낙천적인 성격에 새를 좋아하는 모범적인 수감자로 나온다. 그는 매일 도서관의 책을 정리하고 교도소를 돌며 수감자들에게 책을 대여해 주는 교도소 내 도서관 관리인 일을 맡아서 한다. 50년이라는 세월을 그렇게 살아왔고 앞으로도 그렇게 살게 될 거라 믿었지만, 어느 날 모범수로서 가석방 허가가 나면서 자신의 의지와는 상관없이 나가야만 하는 신세가 되어버린다.

교도소라는 작은 세계에서 브룩스는 지식인이었고 책임지고 맡아서 하는 일도 있었으며 모두에게 존재감 있는 사람이었지만, 50년이라는 세월이 지나 세상에 나온 그는 자유인이 아니라 그저 변해 있는 시대를 따라가지 못한 전과 있는 노인일 뿐이었다.

보호 감찰의 감시 아래 마트에서 경제적 활동도 하고 공원에서 좋아했던 새들과 시간을 보내기도 하며 나름대로 열심히 살아보려 노력하지만 그럴수록 더욱 초라해지고 우울하기만 했던 그는 결국 스스로 죽음을 선택한다.

브룩스가 오랜 시간 모범수로 평가받아 가석방 허가까지 받을 수 있었던 건 교도소의 규율을 잘 지켰으며 교도관의 명령에 잘 따랐다는 뜻이다. 그러나 그를 죽음으로 몰아간 이유도 50년을 교도관의 명령에 따라 살았기 때문이다. 브룩스의 독립성 부재는 자유를 얻은 행복감보다 오히려 자유에 대한 두려움과 고통을 안겨주었다. 물론 이것은 교도소라는 특수한 상황을 영화화시킨 이야기지만 이와 비슷한 상황은 현실에서도 존재한다.

직장이나, 가족, 연인, 친구 등 오랫동안 지속된 수직적인 관계로 인해 독립성을 잃어 온 사람은 학습된 무력감을 느끼기도 한다. 일종의 가스라이팅처럼 반복되는 상대의 의견 묵살이나 존중받지 못하는 비인격화된 대우는 애초에 자신에게 선택지가 없다고 느끼게 만들며 그저 무기력하게 시키는 대로 주어진 일만을 하게 된다.

때로는 반대로 아주 열정적으로 변하는 경우도 있다. 하지만 그 열정의 목적은 주어진 일에 대한 열정이 아니라 상대에게 밉보이지 않기 위한 아첨과도 같은 거짓된 열정일 뿐이다. 이러한 상황에 오랫동안 노출될 경우 생각한다는 행위 자체를 사치라고 여기기도 하며 그로 인한 창의력 상실은 물론 주변을 살필 능력도 의지도 잃게 된다.

어쩌면 어떤 사람들은 이러한 상황이 오히려 편하다고 생각할지 모르겠지만 이는 마치 자신을 로봇청소기라며 인정하는 것과 다를 것이 없다.

남들과는 다른 개인적인 견해나 개인적인 느낌은 옳고 그름을 떠나 또 하나의 가능성을 의미한다. 언제나 그렇듯이 위대한 혁신은 남들과는 다른 아주 개인적인 생각에서 시작된다는 것을 잊어서는 안 되며 자신이 언제나 옳다는 오만한 착각은 버리는 것이 좋다.

물리학은 세상의 모든 에너지를 이해하는 학문이다. 특히 물리학에서도 원자의 활동을 이해하는 양자역학이라는 학문은 현재 실생활에서 가장 많이 적용되는 학문이기도 하지만, 누구도 양자역학에 대해 제대로 설명할 수 없을 만큼 천재들의 학문이라고 알려져 있다. 원자론은 기원전부터 있었지만 양자역학이라는 학문을 제대로 연구하기 시작한 건 100년도 되지 않는다. 원자를 완벽히 이해하기 위해서는 관측이 필요하다. 하지만 관측이란 곧 '본다'는 행위인데 '본다'는 개념은 결국 빛의 반사를 통한 것이다. 원자핵 주변에 존재하는 전자는 크기라는 개념이 의미 없을 만큼 너무 작아서 관측이라는 행위 자체가 전자의 활동에 영향을 미치게 되어 전자의 본질을 볼 수 없게 만들기 때문이다.■ 지금도 전자의 성질을 이해하고 있을 뿐 본 사람은 아무도 없다.

재미있는 건, 이 관측이라는 행위는 사람에게도 큰 영향을 미친다는 것이다. 텅 비어 있는 아무도 없는 도서관에 혼자 있다고 상상해 보자.

■ 전자는 곧 빛이다.

외부의 영향이 전혀 없는, 자신의 숨소리까지 들릴 정도로 고요한 도서관에서 혼자 책을 읽거나 공부하고 있다. 갑자기 적막을 깨고 누군가 문을 열고 들어온다. 문은 닫히고 발걸음 소리가 들린다. 심지어 들어온 사람이 고개를 들면 바로 보이는 정면에 앉았다고 생각해 보자.

혼자 있을 때 누군가의 등장만으로 심리에 변화가 생기고 변화한 심리는 행동도 변화하게 만든다. 책을 넘길 때 더 조용하게 넘긴다든가 발걸음 소리가 안 나게 조용히 걷는 것 같은 변화들 말이다. 사람은 반사적으로 혼자 있을 때와 다르게 누군가의 개입이 발생하면 나답지 않은 행동을 하게 된다. 그만큼 외부의 영향을 받지 않고 나만의 독립적인 시간을 갖는다는 것은 결코 쉬운 일이 아니다.

특히 스마트폰과 인터넷의 발달은 잠시도 혼자 두지를 않는다. 페이스북, 인스타그램, 다양한 메신저 같은 SNS는 유저들이 쉬지 않고 들여다볼 수 있게끔 24시간 정보를 제공한다. 그 말은 어떤 곳에 있어도 결국 혼자 있는 상태가 아니게 되어버린다는 뜻이다.

미국 2022년 아칸소대 연구팀이 18~30세 978명을 대상으로 SNS와 우울증의 연관성을 6개월간 관찰한 결과 하루에 121~195분 이내의 SNS 이용자 중 22.6%가 우울증에 걸렸으며 196~300분 이내의 사용자 중 무려 32.3%가 우울증에 걸렸다고 발표했다. 이에 대해 연구팀은 "SNS로 인해 자신과 다른 사람을 비교하게 되어 부정적 감정을 느낄 뿐 아니라 유해한 콘텐츠에 노출될 확률도 커지기 때문이다."라고 말했으며 연구 저자 레네 메릴(Renae Merrill) 교수는 "SNS 사용 시간에 따라 상대적으로 외부 활동이나 사람들과의 대면 상호작용 기회가 줄어들게

되며 SNS 안에서의 잘못된 의사소통과 인식이 정신 건강에 안 좋은 영
향을 미친다."고 말했다.

이 밖에도 영국의 시장 조사 기관인 글로벌웹인덱스(Global Web
Index)는 2019년 세계 45개 국가를 대상으로 SNS 사용 시간을 분석했
다. 그 결과 필리핀이 4시간 1분으로 가장 긴 사용 시간을 기록했으며
가장 적은 국가는 일본으로 45분을 기록했다.

스마트폰 보급률이 95%에 달하는 대한민국의 SNS 평균 사용 시간은
의외로 1시간 20분으로 적은 편에 속했지만, 이는 일본처럼 SNS 주 사용
자인 10~20대가 점점 줄어들어 평균 수치에 영향을 미치는 이유가 있기
도 하다. 이를 증명이라도 하듯 정보통신정책연구원에 따르면 국내 SNS
사용 이용률은 2019년 47.7%에서 2021년 기준 55.1%로 증가하였고 평
균적으로 스마트폰을 사용하는 시간은 5시간으로 보고된 바 있다.

SNS는 정신 건강이나 사회적 관계에 밝은 면과 어두운 면을 모두 가지
고 있다. 특히 타인과의 직접적인 소통에 어려움을 겪는 사람들에게 많은
도움이 되기도 하며 가장 빠르고 손쉽게 정보를 전달할 수 있는 시스템으
로 발전해 왔다. 이처럼 SNS의 순기능은 다양한 형태의 인간관계를 유기
적으로 엮어주는 데 있지만 생각지 못한 방향으로 이끌기도 한다.

처음엔 자신의 의지대로 아이디를 만들고 자신이 보고 싶은 정보들만
봤겠지만, 사용 횟수가 늘다 보면 결국엔 목적 없이 알고리즘에 이끌려
정보를 얻고 무의식적으로 습관이 되어 중독에 이르기까지 한다.

이미 1시간 전에 피드를 전부 확인했는데도 스마트폰을 주머니에서
꺼내면 아무런 이유 없이 SNS 앱을 누른다. 이런 현상은 마치 자신의 독

립성을 알고리즘에 묶어두는 것과 같다.

어느 시점부터 SNS는 타인과 소통하는 공간이 아닌 타인에게 일방적 전시 목적의 공간으로 변해버렸고 그렇게 얻게 되는 다수의 관심은 사용자를 더욱더 왜곡되고 이상화된 온라인 세상에 묶이도록 만든다. 그중 누군가는 우월감을 느끼는 반면에 누군가는 타인이 전시해 놓은 온라인 세상과 자신의 상황을 빗대어 비관하기도 한다.

늘어만 가는 개인의 독립성의 부재는 현실과 온라인의 경계가 점점 희미해져 가는 시대에 중요한 과제가 될 것이다.

누구도 본인의 동의 없이 남을 지배할 만큼 훌륭하지는 않다.

- 에이브러햄 링컨 (Abraham Lincoln)

모 두 가
외 로 움
보 균 자

일반적으로 외로움에 굉장히 취약한 인간은 무언가에 의지하며 살아가고는 한다. 누군가는 가족에 의지하고, 누군가는 친구에, 누군가는 종교, 누군가는 동물에게 의지하기도 한다.

외로움을 견디지 못하는 사람들은 여행, 쇼핑, 운동, 게임, 식사 등 정말 생활 속 사소한 것까지 함께한다. 왜 그토록 사람들은 함께하는 것을 좋아할까?

아마도 '함께하면 슬픔은 반이 되고 즐거움은 배가 된다.'라는 말을 믿기 때문일 것이다. 실제로도 정말 힘들 때 누군가 옆을 지켜주는 것만으로도 위로받기도 하고 그 어떤 의미 없는 행동도 함께하면 의미 있다고 느끼기도 한다. 이처럼 서로가 서로를 필요로 하는 인간의 욕구는 본능처럼 여겨졌다.

하지만 지금의 사회 현상은 반대를 가리킨다. 통계청 자료에 의하면 2021년 기준 대한민국 1인 가구는 710만을 넘는다. 2016년 이후 약 190만의 1인 가구가 늘어났으며 이는 전체 가구 대비 33%나 되는 수치이다. 1인 가구 증가 현상은 곧 외로운 사람들의 증가를 불러왔다. 특히 노동력뿐 아니라 소비를 책임지는 청년들은 그 나라의 경제를 이끌어가는 사람들이다. 뭔가 대책이 필요하지만 아쉽게도 대한민국에는 이런 이들을 위한 제대로 된 통계조차 없다.

미연방인구조사국(United States Census Bureau)의 통계에 따르면 2022년 1인 가구 수는 약 3,790만으로 이는 전체 가구의 약 29%가 넘는 수치이다. 유럽연합 역시 2020년 기준 국가마다 3~40%의 비율을 기록했으며 영국의 경우 2018년 '외로움 부(Ministry for Loneliness)'라는 정부 부처를 세계 최초로 만들어 앞으로 늘어나게 될 외로운 이들을 위한 정책을 세워나가고 있다.

전 세계적으로 1인 가구가 점점 증가하고 있다는 말은 점점 스스로 외로움을 택하는 사람들이 많아진다는 뜻이다. 다국적 동일한 현상은 분명 세상에 시사하는 바가 있다.

이와 비슷한 현상은 일본의 '히키코모리'라는 문화로 자리 잡기도 하였다. 1950년대 초 미국은 반도체 기술 특허를 전 세계에 오픈했다. 일본은 세상에 존재하지 않던 이 신기술을 자국으로 들여와 라디오, 계산기, TV, 휴대용 카세트 등 전자제품 상용화에 뛰어들었다. 일본 특유의 장인정신은 미니멀하지만 좋은 품질의 제품을 생산했고 게다가 가격까지 저렴해 오히려 미국의 시장에서 두각을 나타냈으며 일본 특유의 기술력은 얼마 지나지 않아 유럽 열강들을 제치고 일본을 20년 만에 세계 경제력 2위 국가로 성장하게 만들어 주었다.

　1970년대 세계 경제를 위축시켰던 두 차례의 오일쇼크는 오히려 연비가 뛰어나던 일본의 자동차 시장 확대로 이어졌으며 기존의 경제 강국들로부터 경제 제재■를 두 차례나 받았지만 전 세계가 "Made in Japan"으로 물들어 가는 것을 막을 수 없었다.

　하지만 황금기를 누리던 일본의 유례없는 과소비 현상은 은행들의 과도한 저금리 대출 경쟁과 부동산 시장에 거품을 만들었다. 결국 안전장치 없이 빠른 성장을 이뤘던 일본은 1990년 1월 해외로부터 유입되었던 막대한 자본들이 빠져나감과 동시에 거품 경제가 무서운 속도로 무너져 내렸다. 주식시장이 폭락하고 수많은 기업과 은행의 도산으로 수백만 개의 일자리가 순식간에 사라졌다. 경제는 마비되어 사람들은 소비를 멈추고 그로 인해 내수마저 얼어붙어 버리는 경제 대공황을 불러왔다.

　이때 극심한 취업난에 허덕이던 수많은 청년은 '히키코모리'가 되어 새로운 사회적 문제를 불러오기도 하였다. '물러나다', '틀어박히다'라는 뜻으로, 이들은 일본의 경제공황 당시 실패할 기회조차 얻지 못했던 사람들이 사회에 적응을 포기하고 은둔형 외톨이로 살아가는 것을 일컫는다. 일본은 여전히 히키코모리를 사회적 문제로 앓고 있다. 그도 그럴 것

■ 1985년 플라자 합의 엔화 및 달러의 환율 조정.
　1987년 루브르 합의 일본내 금리 인하 및 주택 담보 대출의 유연화.

이 1980년대 4만 엔 근처까지 갔던 닛케이 지수는 40년이 지난 지금까지도 3만 엔을 넘기지 못하고 있고, 1995년 고베 대지진을 시작으로 동남아시아 외환 위기, 동일본 대지진 등 멈추지 않는 일본의 오랜 경기 침체는 지금의 히키코모리 100만 시대를 만들게 되었다.

물론 이러한 현상에는 빠른 속도로 발전하는 디지털 혁신의 영향도 무시할 수 없다. 인터넷이라는 공간의 발달은 쇼핑, 업무, 취미, 소통 등 외부로 나가지 않고도 모든 일상생활을 가능하게 만들어 자발적 고립을 부추기고 세상에 온갖 암울한 소식만을 전해주는 뉴스들은 심리적 위축을 불러오며 '차라리 혼자 있는 것이 안전해'라는 생각을 심어주어 사회적 활동으로부터 멀어지도록 만들고, 게다가 집집마다 존재하는 다양한 인공지능 플랫폼은 이미 감정 없는 로봇이 인간의 감정을 어루만져 주는 시대가 오고 있음을 말한다. 과거 사람에게 사람이 필요하지 않은 시대가 올지도 모른다는 상상들이 현실이 되어가고 있다.

외로움이란 대부분 내가 원하지 않을 때 찾아오는 혼자만의 시간에 대한 감정이다. 외로움을 느끼는 이유에는 여러 가지 이유가 있다. 사랑하는 사람을 잃거나 혹은 사회적 연결망 결핍, 사회적 관계에 대한 낮은 신뢰, 건강의 악화 등 대부분 무엇인가 잃거나 결핍이 심해지면 외로움을 느낀다.

주로 인간관계에 있어 소극적이거나 사회적 활동에 의욕적이지 않은 성격을 지닌 사람일 경우 외로움을 쉽게 맞닥뜨리게 될 확률이 높지만 외로움은 반드시 혼자 있을 때만 찾아오는 것은 아니다.

다수의 인간관계나 열정적인 사회 활동은 많은 에너지 소진을 불러오는데 외부로부터의 에너지 고갈과 감정 소모는 때때로 번 아웃을 일으키기도 한다. 그렇게 찾아온 번 아웃은 다수와 함께이지만 외로움을 느끼고 열심히 살지만 공허함을 느끼는 것처럼 일상에서 느꼈던 나의 모든 감정을 바꿔놓는다.

외로움은 마치 어디에든 존재하지만 잘 보이지 않는 곰팡이 같은 것이다. 그 균들은 공기 중에 날아다니다가 축축하고 어두움이 내려앉는 곳에 자리를 잡고 빠르게 번성한다. 외로움 역시 어디에나 있고 모두가 가지고 있으며 마음속 슬픔과 우울함이 드리울 때면 번성한다. 마음속에 밝고 따뜻한 빛이 들어야 곰팡이는 빨리 소멸하지만 많은 사람은 그 빛을 외부에서 찾으려 한다.

만약 누군가 자신의 외로움을 달래주고 있다면 그 상대방 역시 외로움을 느끼고 있을 가능성이 높다. 때문에 외로움에서 벗어나기 위해 타인에게 집착하는 것은 누구 마음에 피어있는 외로움이 더 큰가 비교하는 꼴밖에 되지 않는다.

어떠한 대상과 함께한다는 것은 대상으로부터 투영된 자신을 보는 것과 같다. 이 말은 특정 대상과 함께하는 자신의 모습과 함께하지 않을 때의 모습이 다를 수 있다는 것이다. 그런 자신의 이중적인 모습에 혼란스러울 필요도 없고 걱정할 필요도 없다. 중요한 것은 모두 자신의 모습이라는 것을 이해하고 감정의 불균형을 맞추려는 태도다.

누구나 자신의 삶이 남들과는 다르게 빛나기를 원하지만 어둠 속으로 들어가지 않으면 애초에 나만의 고유한 빛은 볼 수가 없다. 외로움이라는 어둠의 시간은 자신만의 빛을 발견하기 위한 시간일 뿐이다.

아무리 돌이라도 빛에 따라 모든 것이 달라진다.

- 클로드 모네 (Claude Monet)

```
고 통 이
딱    히
불 행 은
아 니 다
```

모두가 알고 있겠지만 우리가 사는 세상은 불공정한 일로 가득하다. 자신의 부모, 사회, 국가처럼 태어나자마자 정해져 바꿀 수 없는 환경은 어떤 이들에게 많은 제약을 가져다준다. 누군가는 이런 환경을 넘어 실력으로 인정받는 세상을 공정한 세상이라 생각할지 모르겠다. 하지만 이 같은 실력 중심 사회는 소수의 최고 실력자들의 독점으로 인해 나머지의 기회는 사라지는 불공정한 사태를 불러오게 된다.

어쩌면 각자가 느끼기에 공정한 순간들이 존재할 뿐 통념적으로 알고 있는 공정함은 존재하지 않을지도 모른다.

많은 사회가 민주주의라는 이데올로기를 맞이했지만 여전히 보이지 않는 계급은 존재하고 그에 따른 힘의 대물림 역시 존재한다. 민주주의 대표 격인 미국의 독립선언문에 적혀 있는 '모든 사람은 평등하게 태어났고 … 그 권리 중에는 생명과 자유와 행복의 추구가 있다.'라는 말이 마치 환상처럼 느껴진다.

이 불공정한 세상에서의 유일한 공정함은 누구나 죽음을 기다리며 살아간다는 것뿐이다. 허나 누군가는 병으로, 누군가는 사고로, 누군가는 늙어서, 누군가는 젊어서, 누군가는 스스로 삶을 마감하며 그리고 누군가는 태어남과 동시에 삶을 마감하기도 한다. 죽음 또한 자세히 들여다보면 제각각 시기와 과정이 모두 다르니 세상은 공정하지 않은 것이 맞다.

죽음에 대해 생각해 본 적 있는가? 악취미 같아 보이지만 나는 나의 죽음을 종종 상상하곤 한다. 이미 수많은 희생으로 영위해 온 나의 삶은 그 어떤 이유를 붙여도 내가 반드시 살아야 할 이유가 될 수 없기 때문이다.

만약 오랜만에 만난 지인과 헤어질 때 "건강에 유의하세요." 대신 "죽음에 유의하세요."라고 인사말을 건넨다면 듣는 이는 기분이 썩 좋지 않을 것이다. 오히려 화를 내지 않으면 다행이다. 사실 알고 보면 같은 맥락이라는 걸 알고 있지만 죽음이란 단어가 인간에게 이미 부정적으로 깊숙이 새겨져 있기에 본능적으로 거부감이 일어나는 게 아닌가 싶다.

모두가 경험했으며, 경험하고 있으며, 경험하게 될 것인데 죽음이란 말은 왜 부정적인 말이 됐을까? 혹시 모든 이가 죽음 이후에는 아무것도 없다는 걸 본능적으로 알고 있는 것 아닐까? 생명이라면 전부 경험하는 현상인데도 불구하고 이토록 부정적으로 바라보는 것이 또 있던가? 그저 삶의 가치를 굉장히 높게 평가한다는 것 외에는 딱히 이유를 찾을 수 없다.

그렇다면 '죽음'의 반대인 '삶'은 과연 긍정적인 것인가? 하지만 그 누군가의 삶에 행복감이 전혀 없어도 긍정이라 할 수 있을까?

많은 이가 타인에게 긍정을 전하려 "지금 불행한 것은 나중에 더 큰 행복이 찾아오기 위함이야."라고 말하기도 한다. 과연 이 말을 믿는 것이 정말 긍정적인 것일까? 물론 믿든 안 믿든 자유다. 그러나 이 '나중에'라는 말이 때로는 자신에게 작은 위안이 되기도 하지만 커다란 후회가 되어 돌아오기도 한다는 것을 잊지 말아야 한다.

인간은 아무리 불행 속에 있어도 '나중에'가 아닌 '지금' 행복해야 한다는 말이다. 아마도 행복을 추구하는 것이 최선의 긍정적 태도인 듯하다. 행복의 갈망은 인간의 본능이며 인류 진화의 원동력과도 같다.

과연 무엇이 사람을 행복하게 만드는 걸까? 현대 뇌과학에서는 "뇌에서 분비되는 도파민과 세로토닌 때문이야."라고 간단히 설명할 수도 있겠지만, 과학이 발달하지 않았던 과거에도 수많은 사람이 행복에 대해 연구하고 고민했다.

독일의 철학자 쇼펜하우어는 "우리가 행복하게 산다는 것은 가능한 한 괴롭지 않도록 간신히 버티며 사는 것이다."라고 말했다. 아무래도 행복이 존재는 하지만 언제 닿을지는 알 수 없기에 그저 내적인 통찰을 동반한 꾸준한 삶을 살라고 말하는 것 같다. 어쩌면 행복을 '희망 고문'과 같이 냉소적인 시선으로 바라봤던 것일까? 고통으로 가득한 삶에 행복의 중요성을 강조하는 것일까? 많은 생각을 하게 해 준다.

반면 에피쿠로스는 조금 더 직관적으로 행복을 이야기했다. 그는 쾌락이 곧 행복이라 생각했고 쾌락이란 고통의 부재라 생각했다. 이러한 생각은 쾌락주의의 근간이 되었고 이를 아타락시아(Ataraxia)라 칭했다.

여기서 말하는 쾌락주의란 현대의 욜로(YOLO)와 비슷한 것 같지만, 사실 에피쿠로스가 말하는 쾌락은 육체적 쾌락이 아닌 심적으로 평온하고 고요한 정신 상태에서 온다고 생각했다.

또한, 소크라테스는 무엇보다 건강한 육체와 깨끗한 영혼의 균형이 잘 맞을수록 행복이 커진다고 생각했다. 깨끗한 영혼은 도덕적인 마음과 연관성이 깊다고 생각했고, 즉 내면의 영혼 속 축적된 도덕심이 진정한 행복을 만들어 낸다고 생각했던 것 같다.

오히려 외부적인 이유로 커진 행복은 그저 고통이 잠시 사라지면서 행복으로 착각할 뿐 본질적 고통은 사라지지 않는다고 생각했던 것 같다. 앞서 말한 에피쿠로스와 비슷한 방향 같지만 소크라테스는 도덕적인 면을 중요시했다는 점이 좀 다르다.

과거에 많은 지식인은 행복에 대하여 오랜 시간 고뇌해 왔고 도덕적인 삶, 내면의 평화, 일상에서의 쾌락, 고통으로부터 해방 등 수많은 좋은 의미를 행복이란 단어에 담았고, 고통은 나쁜 의미로 생각하는 듯하다. 하지만 과연 사람이 고통 없이 살아갈 수 있을까? 그 어떤 고통을 경험하지 않고도 앞서 말한 지식인들과 같은 통찰력을 가질 수 있을까? 대부분의 아기는 태어난 직후 울부짖는다. 아기들이 태어남과 동시에 우는 이유에는 갑작스러운 환경 변화 혹은 숨을 쉬기 위한 본능 등 여러 가지 이유로 설명하지만, 고통스러워 보임에는 분명하다. 이와 같이 인간은 태어나자마자 고통을 경험하고 첫 호흡과 함께 삶을 시작하게 되는 것이다.

사람들은 행복만을 추구하지만 생각해 보면 때에 따라 크기 차이가 분명히 있을 뿐 고통과 행복은 분명히 늘 함께 존재한다. 이를테면 가족은 커다란 행복이지만 그 안에 책임감이라는 일부의 고통이 스며들어 있고 언제나 커다란 고통으로 가득 차 있는 병원에는 느리지만 치유라는 행복이 피어나듯, 때에 따라 크기는 다르지만 분명 고통과 행복은 늘 같은 시공간에 공존한다.

　많은 사람이 일상 속 작은 행복을 소중하게 느끼라 말한다. 어릴 때는 친구들과 비교한 나의 삶이 너무 초라한 나머지 작은 일에도 굳이 의미를 부여하며 행복에 얽매여 살았지만, 행복이란 마치 흐르는 물과 같아 손으로 쥐면 손가락 사이로 전부 빠져나가는 느낌이었고 손에 남은 흔적은 행복에 대한 집착만을 불러일으켰다.

　여전히 행복해지는 방법은 알 수 없지만 확실히 알게 된 중요한 사실은 고통을 인정하고 그 안에서 침착해지는 법을 먼저 알아야 한다는 것이다. 쉽게 표현하자면 삶의 기본 바탕을 고통이라 생각하는 것과 비슷하다. 그리고 그 고통을 온전히 나의 것으로 인정하는 태도를 갖는 것이다.

　무엇보다 고통 안에서 침착한 마음은 주변을 살필 수 있으며 더 나아가 행복을 찾을 수 있는 여유도 갖게 된다. 행복을 찾는다는 말조차 너무 거창한 표현 같다. 그냥 나를 웃게 하는 것, 나를 편안하게 하는 것, 나의 일상을 가능하게 하는 모든 것을 느끼는 것뿐이다. 혹시라도 그것들을 하나둘씩 잃더라도 침착을 유지한 채 가능한 만큼의 일상을 묵묵히 지속하면 또 다른 행복들이 하나둘씩 눈에 띄기 마련이다.

　대부분의 사람은 지금 얻는 고통이 커다란 만큼 나중에 찾아오게 될 행복도 클 거라고 믿는다. 나도 행복의 작동 방식이 그렇게 단순했으면 좋겠다. 현실은 자신에게 찾아오게 될 행복을 위해 고통을 버텨내도 몇 번이고 더 깊은 고통 속으로 내려갈 수도 있다는 게 문제다.

사람은 살아가는 데 있어 생각보다 많은 행복이 필요하지 않다. 쇼펜하우어의 말처럼 우리는 고통을 버텨낼 정도의 행복만 있다면 충분하다. 무엇보다 고통 대비 행복을 탐하게 되는 보상심리는 결국 행복이라는 개념을 올바르게 받아들이는 데 있어서 큰 도움이 되지 않는다.

제2차 세계대전 당시 독일은 폴란드 침공을 시작으로 1년 만에 유럽 대륙을 전부 지배했고 1940년 9월 7일 검은 토요일이라 불리는 런던 대공습이 시작되었다. 도시는 불에 타 잿더미가 되어가고 있었지만, 영국 정부는 시민들에게 일상을 이어가기를 권고했다. 경제 흐름의 유지라는 이유도 있었겠지만, 무엇보다 사회 붕괴가 일어나지 않도록 시민들의 심리적 안정이 더 중요했기 때문일 것이다. 그 뜻을 이해한 걸까. 영국 시민들은 무너진 건물들과 흩날리는 흙먼지 속에서도 직장 생활뿐 아니라 취미 생활까지 지속하며 전쟁 기간 내내 일상을 잃지 않으려고 애를 썼다.

전쟁 동안 영국의 리버풀, 버밍햄, 맨체스터, 플리머스 등 많은 산업 도시들이 파괴되었으며 4만 명이 넘는 희생자와 14만 명의 부상자가 발생했지만, 영국 정부와 영국 시민들은 끝까지 포기하지 않고 버텼다. 결국 독일은 267일간 지속되었던 영국 점령에 실패했고 1941년 6월 독소 불가침 조약을 어기고 소련을 오랜 시간 침공했지만 결국 실패로 돌아가면서 패망한다. 다수의 학자는 이 당시 영국의 승리를 레이더의 발전, 미국의 개입 등 군사적 이유를 꼽지만, 개인적으로는 끝까지 자신의 자리를 묵묵히 지켜 낸 영국 시민들의 영향도 아주 컸다고 생각한다. 어쩌면 영국 시민들은 전쟁이라는 최악의 고통 속에서 침착했고 그 안에서 자신만의 행복들을 찾는 방법을 알고 있었는지도 모르겠다.

인간의 모든 행위에는 흥미가 아주 중요한 역할을 한다. 흥미란 인간이 어떤 목적을 달성하기 위해 반드시 필요한 선행 조건과도 같다. 어떤 일을 시작하기에 앞서 흥미가 있어야 의욕이 생기고 과정이 즐겁기 때문이다. 그리고 흥미가 높은 상태에서 발생하는 보상은 흥미가 낮은 상태에서 발생하는 보상보다 더 큰 행복감을 느끼게 해 준다. 그렇지만 인간은 그러한 행복감에 내성이 생기기도 하는데 이전과 똑같은 보상이 오랜 시간 지속되면 더 이상 행복감을 느끼지 못하게 된다는 말이다. 아무리 좋아하는 음식이라도 일주일 내내 먹을 수 없는 이유이기도 하다.

이 내성을 이겨내기 위해 더 큰 소비가 발생하기도 하고 극도의 육체적 쾌락을 원하기도 한다. 이러한 과정에서 인간은 집착하기도 하고 때로는 중독이라는 현상까지 일어나게 되는데, 사람들은 때때로 중독 현상을 행복으로 착각하기도 한다. 중독은 인간에게 끝없는 자극을 요구하게 되고 결과적으로 행복의 결핍이 오기도 한다. 모든 것으로부터 행복감을 느끼지 못하게 되는 것이다. 오랜 시간 마약에 중독된 사람들이 흔하게 겪는 현상과도 같다.

끝없는 행복 추구가 결국 끝없는 행복의 결핍을 불러오듯이, 행복 추구에는 균형이 반드시 필요하다. 돌아가신 법정 스님은 살아생전 무소유를 말했다. 무소유라는 말은 마치 소유욕 자체를 부정해야 할 것처럼 느껴지지만, 소유욕이란 인간의 가장 짙은 본성 중 하나이다. 법정 스님이 말했던 무소유의 본질은 소유욕 자체가 아니라 이미 소유하고 있는 것에 감사할 줄 알아야 하며 그 소유한 것에 스스로 묶여 오히려 자신이 소유 당하는 것을 조심해야 한다는 뜻이다. 스스로 묶인다는 뜻은 곧 집착을 의미하고, 과도한 집착은 자신에게 불안으로 가득 찬 길을 걷게 만들며 그 길의 끝에는 오직 고통만이 기다리고 있을 뿐이다.

세상을 살다 보면 내가 원하는 것, 좋아하는 것, 필요한 것이 너무나 많지만 모두 나를 스쳐 갈 뿐이라는 것을 잊지 말아야 한다. 아무리 소중한 것을 잃게 되더라도 균형을 잃지 않는다면 일정 시간이 지난 후 의외로 무뎌지기도 하며 어떠한 고통 속에서도 행복은 피어나기 마련이다. 그 균형을 스스로 지켜낼 수 있도록 삶을 폭넓게 바라보고 지속적인 자아 성찰이 필요하다.

만약 당신이 두 번째 삶을 사는 것이 아니라면 당신의 삶에 고통이 가득한 것은 정상이다. 처음 시도하는 모든 일에는 불확실성이 항상 존재하고 그로 인해 매 순간 공포심이나 불안감이라는 고통이 따라오게 되지만, 인간에게 고통이라는 통증은 도파민과 아드레날린이 되어 짜릿함을 느끼게 해주기도 하고 자양분이 되어 자존감이라는 뿌리를 내리게 해주기도 한다. 고통을 받아들였을 때 깊이감 있는 행복을 느낄 수 있다면 죽음을 받아들였을 때 역시 깊이감 있는 삶을 살게 될지도 모른다. 우리는 모두 태어남과 동시에 사형선고라는 고통을 지고 행복한 죽음을 맞이하기 위해 살아가는 것뿐이다.

역경에 처해 있으면서도 타락하지 않는다면
그 자체만으로도 매우 위대하다.

- 오노레 드 발자크 (Honoré de Balzac)

올바른 환경 해석

    한 번쯤은 기분전환도 할 겸 미용실에서 새로운 머리 스타일을 시도한 적이 있을 것이다. 생머리였던 나는 곱슬머리의 둥근 컬이 늘 부러웠다. 하루는 결심하고 미용실로 달려가 오랜 시간과 많은 돈까지 들여서 펌을 했다. 그런데 머리를 감고 드라이까지 한 모습은 마치 힙한 흑인 머리를 따라 한 어설픈 동양인 같은 느낌이었고, 무엇보다 나에게 너무 안 어울렸다.

    너무 실망스러운 모습에 "잘 어울리세요."라고 말하며 웃음을 참는 미용실 직원들을 뒤로하고 우울한 기분으로 미용실을 나오게 되었다. 머리를 밀어야 하나, 다시 스트레이트 펌을 해야 하나 진지하게 고민하며 집으로 향하는데 횡단보도 건너편 어떤 여자 둘이서 나에게 손가락질하며 웃으면서 대화를 나누고 있는 게 아닌가. 순간 너무 기분이 나쁜 나머지 왜 손가락질하냐며 따지기 위해 신호가 바뀐 횡단보도를 건너지 않고 그녀들을 기다렸다. 횡단보도를 건너오던 그녀들은 왠지 나의 시선을 피하는 것 같았고 점점 가까워져 내가 말을 하려던 찰나에 한 여성이 입을 열었다.

"와, 진짜 세일이네? 쓸어 담아야지!"

순간적으로 나는 굳었고 그녀들은 그대로 나를 지나쳐 내 뒤에 있던 화장품 매장으로 들어가 버렸다. 내가 만약 붙잡고 따졌다면 미친놈으로 오해받기 딱 좋을 정도로 나의 존재를 인식조차 못 하고 있었음이 느껴졌고, 오히려 나의 생각이 상황을 왜곡시켰음을 깨닫고는 얼굴이 화끈거렸다.

일상에서 한 번쯤은 이와 비슷한 경험이 있을 것이다. 누군가와 눈이 마주쳤을 뿐인데, 나에 대한 관심인지 혹은 내가 무엇을 잘못했거나 이상해서 쳐다보는 것인지 의식하는 것처럼 나의 기분이나 심리 상태에 따라 타인의 관심과 시선을 왜곡하여 받아들이는 것을 '스포트라이트 효과'라고 한다.

이 심리 현상은 스스로 머릿속에 그릇된 정보를 생성하고 마음속에 허황된 감정을 만들며 심한 경우 현실을 알게 되었을 때도 받아들이지 못하게 된다. 내가 만약 횡단보도에서 기다리지 않고 먼저 달려가서 따졌더라면 그녀들이 화장품 이야기를 나눴다고 말했어도 변명으로 들었을 것이며 집에 돌아와서도 한동안 기분이 상해 있었을 것이다. 당시 사람들은 나의 어울리지 않는 머리 스타일에 전혀 관심이 없었음에도 혼자

기분이 상해 있었고, 일어나지 않은 왜곡된 상황을 상상으로 만들었던 것은 그 누구도 아닌 바로 나였다.

이처럼 환경을 해석하는 방식은 본인에게 달려 있다. 물론 그 해석 방식에 따라 심리와 현실에 막대한 영향을 끼치며 나아가 인간관계에 미치는 효과 또한 달라진다. 예를 들자면 다양한 성격의 사람들을 소설이나 영화 속의 캐릭터처럼 해석할 수도 있다. 자존심 세고 까칠한 성향의 사람을 대할 때면 영화 속 빌런의 클리셰처럼 트라우마나 약점을 가리기 위함이라고 생각할 수 있고, 반대로 밝고 명랑한 사람을 대할 때면 청춘 드라마 주인공 같은 맑은 미소 뒤에 쉽게 말할 수 없는 어두운 그림자가 드리워져 있을 거라고 생각하거나, 어떤 일에 부족한 모습을 보이는 사람은 반전 소설의 주인공처럼 내가 모르는 천재적인 면모가 숨겨져 있을지도 모른다는 해석 방식 말이다.

이와 같은 환경 해석 방식은 외부로부터 얻게 되는 영향력을 내 안에서 잠시 무력화시켜 상황을 단적인 모습만으로 쉽게 판단하지 않게끔 만들며 최대한 중립적이고 이성적으로 상황을 바라보게 만든다. 하지만 그릇된 환경 해석 방식은 본인 스스로가 외부로부터 감정의 희생양이 될 뿐만 아니라 반복될 경우 자아는 불안정해지고 그로 인한 두려움과 걱정은 삶의 불균형을 불러오게 된다. 풍요로운 환경을 가지고 있어도 불평으로 가득한 마음가짐이라면 불행할 수밖에 없고 부족한 환경을 가지고 있어도 희망이 가득한 마음가짐이라면 적어도 불행하지 않듯이, 그 어떤 환경도 자신의 마음가짐에 따라 해석이 달라지기 마련이다.

유대교의 경전으로 알려진 『탈무드』에는 '마음에 따라 사람의 모든 기관은 좌우되고 있다. 마음은 보고 걷고 굳고 부드러워지고 기뻐하고 슬퍼하고 화내고 두려워하고 거만해지고 사랑하고 미워하고 부러워지고 사색하고 질투하고 반성한다. 그러므로 이 세상에서 가장 강한 인간은 자기 마음을 통제할 수 있는 인간이다.'라는 구절이 있고 불교에서 말하는 일체유심조(一切唯心造)는 삼국시대 신라의 승려였던 원효 대사가 당나라 유학 중 동굴에서 하루를 묵으며 경험했던 해골 물 일화에서 깨닫게 된 '세상 모든 것은 마음이 만들어 내는 것이다.'라는 뜻이다.

이뿐만 아니라 기독교의 성경 속 솔로몬은 '무릇 지킬 만한 것보다 더욱 네 마음을 지키라 생명의 근원이 이에서 남이니라(잠4:23)'라고 말한다. 가장 귀한 생명을 지켜낼 수 있을 만큼 중요한 것이 사람의 마음이고 그것을 지키는 것이 곧 올바른 신앙의 방향이라는 의미를 담고 있는 듯하다.

그 밖에 이슬람교는 알라의 계시를 듣고 무함마드가 집대성한 코란의 내용만을 마음에 새기고 그 외 우상숭배 행위 자체를 금기시하고 있다. 실로 과거 무함마드를 표현한 그림들은 얼굴이 모두 지워져 있을 뿐만 아니라 그 어떤 이유로도 종교적 상징을 제작하거나 형상화하는 행위 자체를 신성 모독으로 취급하여 금기시하고 그들은 오로지 마음속에 말씀을 담고 자신의 신을 섬긴다. 모든 종교가 저마다의 방법으로 마음가짐의 중요성을 말하고 있다. 어쩌면 모든 사람이 저마다 자신에게 주어지는 환경을 올바르게 해석하는 태도는 인간이 반드시 가져야 할 마음가짐 중 하나일지도 모른다.

행복은 주어진 환경 그 자체보다는
세상을 인식하는 개인의 기질에 좌우된다.

- 아르투어 쇼펜하우어 (Arthur Schopenhauer)

너
자 신 을
알 라

'너 자신을 알라.'

많은 사람에게 사랑받았던 이 문구는 내가 소크라테스라는 인물을 좋아하게 만든 문장이기도 하다. 하지만 사실 이 문장은 소크라테스가 자주 인용했을 뿐, 고대 그리스 사람들이 신탁을 받던 아폴론 신전 입구에 적혀 있던 말이라고 한다.

어릴 적 이 문장은 나에게 진리와 같은 말이었다. 여기저기 외부에서 나를 찾기 위해 방황하던 나에게 이제 그만 멈추라고 하는 느낌을 받았기 때문이다. 사실 내가 원하는 모든 답은 내 안에 있었는데 말이다. 과연 나는 나 자신에 대하여 잘 알고 있을까? 이름, 직장, 학교, 사는 곳 등 외부로부터 부여받은 것을 제외하고 진짜 자신에 대해 설명이 가능한 사람은 굉장히 드물다.

대부분은 자신이 진짜 누구인지 오랜 시간이 지난 후 서서히 깨닫게 되거나 혹은 전혀 모른 채 외부로부터 부여받은 자신만을 간직하고 살아간다. 진짜 나 자신을 알아가려면 어떻게 해야 할까?

기본적으로 무언가를 알기 위해선 궁금증이라는 선행 조건이 필요하다. 궁금증이 없으면 아무것도 알 수 없고 할 수도 없다. 궁금증은 스스로 질문을 만들게 되고 질문은 새로운 것에 대한 정보를 알아가는 과정을 만든다.

많은 이가 책을 읽거나, 다큐멘터리를 보거나, 전문가의 의견을 듣는 등 오랜 시간 축적된 과거의 자료들에서 질문을 해결하려 한다. 하지만 뭐든 알면 알수록 또 다른 질문이 생겨나기 마련이고 또 알아가는 과정을 반복한다. 이것은 질문의 확장을 이용하여 세상을 알아가는 보편적인 방법이다.

그런데 그 질문의 대상이 '나'라면 어떨까? '나'를 기록한 과거는 일기장이 될 것이고 오랜 시간 '나'에 대해 연구한 전문가는 가족일 것이다. 이것으로도 '나'에 대한 많은 정보를 얻을 수 있겠지만 결코 충분하지 않다. 인간은 논리적이고 싶어 하는 감정적 동물이다. 그렇기에 상황에 따라 계속 변화하고 그 변화는 일회성이기도 하지만 때로는 오랜 시간 유지하기도 한다. 심지어 원치 않았던 변화였는데도 말이다. 자신을 알기 위해서는 정말 부지런해야 할지도 모른다.

이 세상에 불필요한 경험은 없다. 나쁜 경험이든 좋은 경험이든 경험은 늘 자신에게 경력이 되어 돌아오기 마련이다. 그래서 다양한 경험은 세상을 알게 될 뿐만 아니라 자신을 알아가기에 더할 나위 없는 좋은 방법이다. 인간은 경험으로부터 지식을 얻기도 하고 형평성이나 정의에 대한 판단력을 얻기도 한다. 이러한 주체적 판단을 기반으로 우리는 각자 저마다 스스로에 대한 믿음을 갖고 살아가는 것이다.

이러한 믿음은 인간을 행동하게 만들고 스스로 어떠한 행동에 있어 이유나 결과를 얻기도 한다. 즉, 다양한 경험이란 가장 명확하게 자신을 알아가는 과정이다. 하지만 현대 시대에 자신의 경제적 이득과 상관없는 일에 오히려 시간과 비용을 들여가며 많은 경험을 한다는 게 쉬운 일은 아니다.

때로는 책이나 미디어 같은 간접적 경험들이 그 역할을 대신해 주기도 하지만 사실 그 어떤 일도 직접 경험하기 전엔 진가를 알 수 없고 그 경험으로부터 느끼게 될 자신의 진짜 감정도 가늠할 수 없다. 마치 화재로 인한 피해를 직접 경험한 사람과 그렇지 않은 사람이 활활 타오르는 불 앞에서 느낄 감정의 차이처럼 말이다.

경험이 필요한 또 다른 이유는 지식을 얻기 위함도 있지만 그보다 더 중요한 지혜를 얻기 위함이다. 단순 정보가 지식이라면 그 지식을 이용하는 능력은 지혜이다. 만약 '불은 뜨겁다'는 정보는 있지만 언제, 어찌 사용해야 하는지 지혜가 없었다면 추운 겨울을 버티지 못하고 죽을 것이다. 경험은 새로운 정보를 얻음과 동시에 새로운 상황을 유연하게 대처할 수 있는 능력을 길러주지만 그렇다고 하여 모든 경험이 좋은 지혜가 될 수는 없다. 사람은 경험을 통해 스스로 얼마나 깊이감 있는 태도로 경험을 받아들이냐에 따라 같은 경험을 해도 다른 감정을 느낀다.

여행이라는 경험을 많이 하지만 단순히 눈요기 관광은 추후 '나 여기가 봤어.' 정도의 경험담에 불과한 여행일 것이다. 물론 관광지 빨리 가는 법, 호텔 예약법, 비행기 티켓 싸게 구매하기 등 여행사와 얼추 비슷한 경험이 쌓일지도 모르겠다. 하지만 그 지역만의 문화, 역사 그리고 자신만의 예술적, 인문학적 상상 등이 가미된 여행은 더 경험을 선명하게 만들어 주며 때로는 커다란 영감이 되어 마음에 새겨지기도 한다. 경험은 자신이 기존에 알고 있던 정보에 확신이나 틀렸음을 알려주기도 한다.

예를 들어 현대 물리학의 시작을 알린 갈릴레오 갈릴레이(Galileo Galilei)는 약 2,000년간 정설로 받아들여지던 '물체의 질량이 낙하 속도를 결정한다.'는 아리스토텔레스의 학설이 틀렸음을 '자유낙하의 법칙'으로 설명했다. 물체가 떨어질 때의 속력은 통과하게 되는 매질의 저항이 결정하며 질량이 서로 다른 물체도 매질이 없을 시 동시에 떨어진다고 생각했다. 즉, 물체가 떨어지는 것은 물체의 내부적 요인(질량)이 아니라 외부적 요인(중력) 때문이라는 것이다.

갈릴레오의 이 사고 실험은 약 400년 가까이 지나 1971년 아폴로 15호 우주비행사 데이비드 스콧(David Scott)에 의해 우주에서 실제로 증명되었다. 공기 저항이 거의 없는 달에서 30g의 깃털과 1.32kg의 망치를 같은 높이에서 동시에 떨어뜨리자 두 물체는 달 표면에 동시에 떨어졌으며 이를 실험했던 스콧은 "갈릴레오가 옳았어."라고 말했다. 그 밖에도 2014년 영국의 물리학자 브라이언 에드워드 콕스(Brian Edward Cox)는 BBC와 NASA가 제공한 클리블랜드의 우주선 테스트 실험실에서 다시 한번 정확히 실험하였다.

1960년대 핵 추진 시스템을 테스트하기 위해 건설된 이 실험실은 세상에서 가장 큰 진공 실험실인 셈이다. 3시간 동안 실험실의 공기를 모두 빼고 우주와 흡사한 진공 상태를 만든 후, 높은 곳에 설치한 깃털과 볼링공을 동시에 떨어뜨리자 두 물체는 아름다운 모습으로 동시에 바닥으로 낙하하였다. 앞서 말한 모든 실험은 경험으로 기존에 알고 있던 정보에 대하여 확신을 갖는 순간들이다.

경험에 있어 함께하는 대상이 있는 것도 물론 좋겠지만, 자신을 정확하게 이해하기를 원한다면 혼자만의 경험들이 반드시 필요하다. 다수와 함께하는 경험들과는 달리 외부적 개입이 없는 혼자만의 경험들은 평소와는 전혀 다른 생각을 하게 만들고, 선택의 자유 그리고 책임까지 이행할 수 있는 여유가 생긴다. 모든 경험에는 선택과 책임이 필연적으로 따르게 되는데, 함께할 대상의 존재는 모든 선택에 영향을 미치게 된다. 자기 주체성이 배제된 외부적 개입에 의한 선택은 아쉬움이나 후회가 남을 뿐만 아니라 책임 또한 자신의 몫이라고 생각하지 않게 된다.

당신이 첫 해외여행을 친구와 함께 떠나게 되었다고 가정해 보자. 숙박과 관광지, 음식점 등 4박 5일간의 즐거운 여행을 위해 한 달을 넘게 계획을 짜서 떠났다. 여행 첫날, 원래 계획은 미술관에 가기로 했지만 친구가 갑자기 유적지를 너무 가고 싶어 하는 것 같아 일정을 바꾸게 되었다. 하지만 막상 도착한 관광지는 엄청난 인파 덕분에 거의 볼 수 없었고 그 와중에 날씨는 찜통이라 가방을 멘 등이 흠뻑 젖을 정도였다. 너무 더웠던 당신은 친구에게 가방 좀 대신 메어달라고 부탁했고 친구는 흔쾌히 맡아주었다. 관광을 마치고 돌아가는 길에 친구에게 가방을 다시 받았는데 가방이 열려 있는 것이 아닌가. 급히 가방 안을 확인했지만 이미 여권, 지갑 등 누군가 작정하고 몰래 훔쳐 간 이후였다. 친구는 남은 나흘 동안 당신의 눈치를 봤고 당신은 애써 괜찮은 척하며 5일간의 첫 해외여행을 망쳐버린 것이다.

당신은 이 상황에 대한 책임을 친구에게 조금도 떠넘기지 않을 수 있을까? 친구 본인 스스로 책임감을 느낄 수는 있겠지만 사실 당신이 친구에게 책임을 물을 이유는 그 어디에도 없다. 일부 영향이 있었다고 한들 결국 모든 선택은 본인이 했을 뿐이고 책임도 본인에게 있다. 물론 그 누군가 여행은 원래 그런 거라며 웃어넘길 수 있을지 모른다.

그렇다면 만약 영향을 받은 선택으로 잃어버린 것이 여권, 지갑이 아니라 자기 자신이라면? 망쳐버린 것이 여행 5일이 아니라 인생 5년이라면? 아마 어떻게든 책임을 물을 대상을 찾고 싶어질 것이다. 혼자만의 경험이 필요한 이유는 타인과 함께 선택하기 전에 스스로 선택할 줄 알아야 하고 타인과 책임을 나누기 전에 스스로 책임지는 방법을 알아야 하기 때문이다. 누구나 선택의 권리가 있다. 그러나 대부분의 사람이 결정적인 선택에 앞서 망설이는 이유는 이후에 따라오게 될 책임 때문이다. 하지만 책임이라는 두려움에 자신의 선택을 계속 미룬다면 결국 그 선택은 타인의 선택으로 물들게 된다. 스스로 자신의 삶을 만들지 않으면 타인이 나의 삶을 만들게 된다.

책 임
그 리 고
두 려 움

어떤 일을 하기에 앞서 책임에 두려움을 느끼는 이유는 대체로 두 가지로 나뉜다. 첫째로 경제적 가치 판단에 의한 두려움이다. 즉, 자신이 하고자 하는 경험에 투자하게 될 경제적 비용과 기회비용 대비 자신에게 어떤 도움이 될 것인지 가치를 미리 판단하려 하는 것이다. 하지만 경험에 대한 가치를 본인이 아무리 구체적으로 계산을 해 봤자 경험 이전의 판단으로는 정확한 계산을 할 수 없으며, 그로 인해 미래에 미치게 될 영향은 예측이 불가능하다. 아직 경험하지 않은 일을 경제적 가치로 판단하는 것은 마치 갓 태어난 아기를 유전자라는 잣대로 판단하려 했던 우생학과 별다를 게 없다.

별거 아닌 경험이 미래에 자신의 목숨을 살려줄지도 아무도 모르는 일이다. 가장 원하는 경험이 죽음이 아니라면 죽음을 경험하기 전에 원하는 경험을 최대한 많이 하기를 권한다.

두 번째 이유는 사회적 인식에 대한 두려움이다. 많은 사람이 경험의 가치를 성별이나 사회적 위치에 비례하여 판단한다. 설사 자신이 원하는 경험이더라도 사회적 인식을 거스르는 듯한 경험으로 판단되면 피하는 경향이 있다. 이를테면 40대 전업주부의 '여행하며 게스트하우스에서 사람들과 밤새며 수다 떨어보기'라든지 20대 대학생의 '동네 삼겹살집에서 TV 보며 혼술·혼밥하기', 50대 부장님의 '건강과 신체 균형을 위해 필라테스 배워 보기'처럼 말이다. 그 누군가는 별거 아니라고 생각할 수 있겠지만 그 누군가에게는 가장 어려운 것이 사회적 인식을 깨고 나가는 것이다. 하지만 우리는 원하는 선택에 있어 비판과 비난에 두려워하지 말아야 한다.

미국의 49번째 주인 알래스카는 사실 19세기 중반까지 러시아령이었다. 러시아가 알래스카에 정착했을 당시 그곳은 너무나 춥고 척박했으며 초기 정착민들은 그 지역에 서식하는 야생동물들의 모피산업과 약간의 어업 그리고 조선업 정도밖에 할 수 없었다. 당시 러시아 황제였던 알렉산드르 2세(Aleksandr Ⅱ)는 주미 러시아 공사 에두아르트 스테클(Eduard de Stoeckl)을 통해 미국에게 알래스카 매입을 제안하였다. 이런 알래스카를 미국이 720만 달러에 매입할 거라는 소문이 돌자, 미국 내에서는 쓸모없는 거대한 얼음덩어리 취급하며 여론뿐 아니라 미국 의회조차 반대했다.

하지만 당시 미국의 국무장관 윌리엄 헨리 수어드(William Henry Seward)는 반대를 무릅쓰고 언젠가 도움이 될 거라 믿으며 1867년 10월 알래스카 조약을 체결하고 720만 달러에 매입하였다. 그러나 그 이후 국민의 반응은 냉담하였고 '수어드의 개인 냉장고' 혹은 '북극곰의 정원'이라고 조롱까지 하며 비난했다. 금, 구리, 철 같은 광물 자원과 대량의 석유가 매장되었다는 사실이 밝혀지기 전까지 말이다.

이 거래로 인해 미국은 세계 3위의 석유 보유 국가로 발돋움하게 되었다. 물론 이 정도의 '잭팟'은 수어드 본인도 예상하지 못했을 것이다. 사실은 러시아와 미국 간의 알래스카 거래는 여러 가지 이유가 엮여 있다. 알래스카 거래 당시 러시아 내부에서도 말이 많았다. 얼음밖에 없던 곳에 사람들이 정착할 수 있도록 초기 정착민들의 많은 인력과 시간의 투자가 있었고, 무엇보다 금광의 존재를 알면서도 거래를 했기 때문이다.

당시 러시아는 유럽과 중앙아시아 패권 전쟁인 '그레이트 게임'의 일환이었던 1857년 크림전쟁에서 패배한 직후였다. 상대 연합국에는 당시 강대국 영국, 프랑스, 오스만제국이 있었는데 19세기 당시 유럽은 산업화로 인한 엄청난 발전으로 전쟁 장비 보급 면에서 월등히 우세했다. 특히 '해가 지지 않는 나라' 대영제국으로 명성을 떨치던 영국은 당시 알래스카 바로 옆에 있던 북아메리카(캐나다) 식민화에 상당히 공을 들이고 있었다. 러시아는 횡단 열차조차 없었을 때라 수도인 모스크바와 7,000km나 떨어진 알래스카를 오랜 전쟁의 여파로 관리할 여력도 없었을뿐더러, 영국에게 언젠가 알래스카를 빼앗기게 될지도 모른다는 불안감에 가득차 있었다. 그럴 바에 차라리 영국으로부터 독립한 지 100년도 되지 않은 반영 체제 미국에 돈을 받고 파는 게 오히려 나았을 것이다.

당시 미국은 현재의 미국과는 다르게 초강대국도 아니었을 뿐만 아니라 오히려 유럽과의 관계도 조심스럽고 폐쇄적인 국가에 가까웠다. 그렇기에 수어드의 선택 역시 영국의 영토 확장 제재와 동시에 유럽을 적으로 생각하는 러시아와의 우호 관계를 위한 투자에 가까웠던 것이다. 아이러니한 사실은 알래스카는 약 100년 후 소련과의 냉전 당시 효율적인 군사기지로 활용하기도 하였다.

 위험한 선택이었던 수어드의 알래스카 매입은 미국 역사상 가장 위대한 선택 중 하나로 역사에 기록된다. 만약 변화가 싫어서 시대에 맞게 흐른다면 누구에게도 비난받거나 커다란 책임을 지게 될 일은 없을지도 모르지만, 비난과 책임이 두려워 아무것도 하지 않는다면 아무것도 바꿀 수 없다.
 하지만 처음부터 커다란 변화는 독이 될 뿐이다. 만약 책임의 두려움이 부담된다면 일상에서 시도할 수 있는 작은 경험부터 시작해도 좋다. 혼자 식당에서 밥을 먹거나, 혼자 쇼핑하거나, 그냥 모르는 거리를 혼자 활보하는 것처럼 말이다. 작은 선택과 책임감에 익숙해지면 서서히 하고 싶은 경험들이 늘어날지 모른다. 악기를 배워 밴드 활동을 하거나, 서핑을 배워 멋지게 파도를 타거나, 언어를 배워 설레는 세계여행을 떠나는 등 책임의 부담에 익숙해지는 만큼 경험할 수 있는 선택의 폭도 넓어진다. 사소한 책임감은 사소한 성취감을 만들고 그 성취감들이 모여 커다란 행복감을 만든다. 스스로 성취감을 얻는 행위는 스스로를 사랑해 가는 보편적 방법이다.

 스스로 선택하고 책임을 지는 과정의 반복은 자존감에 좋은 영향을 미치게 된다. 자존감이란 쉽게 상처 나는 자존심이나 당당한 태도 같은 자부심과는 다르며, 오히려 외부로 잘 드러나지 않고 내적으로 튼튼하게 구축된 스스로에 대한 믿음과 확신에 가깝다. 쉽게 말해 자존심이나 자부심의 목적이 자신을 드러내기 위함이라면 자존감의 목적은 어떠한 상황에도 무너지지 않는 강직함에 있다고 할 수 있다. 건강한 자존감을 가진 사람은 타인에게 나 자신에 대한 정당함을 강요하지 않으며 당장의 인정보다 자신의 목적이 더 중요하고 새로움에 거부감이 없으며 혼자만의 시간을 두려워하지 않는다. 무엇보다 자신의 선택에 의해 발생하는 감정을 스스로 책임지는 법을 알고 있다.

아무리 자존감이 높은 사람이라도 때로는 자신의 선택에 실망할 때도 있으며 좌절할 때도 있을 것이다. 그러나 적어도 스스로 만든 감정을 대신 처리해 주는 '감정 쓰레기통'을 찾지는 않는다는 뜻이다. 건강한 자존감은 확고한 자신만의 선택과 그 어떤 책임도 감수하게끔 만드는 근원이다.

많은 사람이 과거의 성공한 자의 선례를 표본 삼아 살아가고는 한다. 그러나 건강한 자존감 없이 이룬 성공은 과거 성공 이전에 반하는 유치한 복수심 또는 과시를 불러일으켜 타인의 시선에 얽매여 삶을 살거나 잃는다는 것에 대한 두려움으로 상황을 선명하게 바라볼 수 없게 되어 순식간에 모든 것을 잃기도 한다.

어찌 보면 건강한 자존감을 가지고 있다는 것 자체가 이미 성공일지도 모른다.

삶에서 두려워할 것은 없다.
오로지 이해할 것만 있다.

- 마리 퀴리 (Marie Curie)

과 대 망 상

기원전부터 이어지던 실크로드는 15세기 중반이 되자 입지가 약해졌고 대항해시대라는 새로운 서막으로 다양한 지리적 발견이 활발해질 때쯤, 명나라였던 중국은 이미 해금령으로 무역을 봉쇄하던 시기였다. 예로부터 중국은 종이, 화약, 인쇄술, 나침반 등을 독자적으로 만들어 냈을 만큼 과학적 지식이 뛰어났고 명나라 황제 영락제(永樂帝)에 의해 인도, 아랍, 아프리카까지 이미 자신들만의 해상 실크로드를 실현했을 정도로 항해술마저 뛰어났다.

이는 심지어 유럽의 대항해시대보다 약 50년을 앞선 1405년에 일어난 일이다. 서구로부터 더 이상 얻을 것이 없다고 판단한 명나라는 오히려 자국의 기술과 지식이 외부로 나가는 것을 막고자 타국과의 교류를 차단하려 했던 것이다.■

■ 이와 같은 정책은 훗날 청나라까지 이어지게 되고 결국 국가쇠퇴라는 결과를 불러오게 된다.

이러한 명나라의 정책은 결국 일본에 뜻밖의 행운을 가져다주는 계기가 된다. 동양의 문화와 기술들을 신비롭게 여기던 서양은 중국과의 교역이 원활하지 않게 되자 일본으로 방향을 돌리게 된다. 당시 전국시대였던 일본은 수많은 영주끼리 내전을 해오며 혼돈을 겪던 시기였지만 1543년 포르투갈과의 교역으로 일본의 미래가 바뀌게 된다.

당시 포르투갈 상인으로부터 얻은 화승총 두 자루는 약 50년 만에 일본의 전국시대를 통일하고 더 나아가 명나라 진출을 꿈꾸게 만들었으며 이를 계기로 조선은 임진왜란이라는 불행을 맞이하게 된다. 일본의 이와 같은 행운은 제2차 세계대전에서 패망 후 다시 한번 찾아오게 되는데, 바로 대한민국의 한국전쟁(6·25)이다. 종전 후 북한을 포함한 아시아와 동유럽까지 모두 소련의 사회주의 영향권에 넘어가는 모습을 지켜본 미국은 이를 막기 위해 1947년 6월 마셜 플랜을 발표하며 전쟁으로 경제력을 잃은 자유주의 국가의 번영을 위한 원조 계획을 실행 중이었다.

그렇게 두 강대국의 냉전이 팽팽해지던 1950년 6월 25일 새벽. 사회주의를 지지하던 북한이 소련과 중국의 지원을 받아 남한을 침공한다. 자유주의 진영이었던 남한은 미국과 UN 연합군의 도움을 받게 되었고 이 끔찍하고 의미 없는 전쟁은 1953년 7월이 되어서야 휴전한다. 하지만 일본은 3년이라는 시간 동안 연합군이 사용할 전쟁물자를 남한으로 보급하였고 아이러니하게도 일본은 예기치 못한 옆 나라의 전쟁으로 인하여 전쟁으로 잃었던 기술력과 경제력을 빠르게 회복하는 행운을 얻게 되었다.

일본은 최악의 상황에서 의도치 않은 행운을 맞이했고 그 행운을 잘 이용하여 80년대 경제 황금기까지 이끌어 갔다.

경제학자 로버트 해리스 프랭크(Robert H. Frank)는 이렇게 말했다.

"사람은 실패할 때 운이 나빴다는 사실을 기꺼이 그리고 재빨리 받아들이지만, 성공을 설명할 때는 행운의 영향을 과소평가하는 경향이 있다."

즉, 어떠한 것을 이뤄냈을 때 행운에 대한 인정이 소극적이라는 것이다.

종종 사람들은 "모두 내가 이룬 거야." "이건 나 아니었으면 불가능했어." 등 오직 자신만의 결과물인 것처럼 말하고는 하지만 이것은 그 순간에만 취해 있는 자신에 대한 과대평가다.

사실 행운이란 당신이 생각하는 그 어떤 결정적인 순간보다 훨씬 이전부터 작동하고 있음을 잊어서는 안 된다. 행운이란 당신의 모든 것에 영향을 미치고 이런 행운이 없었다면 당신은 존재조차 하지 않았을 확률이 매우 크다.

최근 난 크게 부상을 당해 병원에 입원했다. 양쪽 발에는 15개의 철심을 박았고 뼈를 고정할 나사를 하나씩 심었다. 총 두 차례에 걸친 수술을 하고 3개월이 넘는 시간을 휠체어에 의존해야 했다. 의사뿐만 아니라 모든 관계자는 나에게 달리기는 이제 할 수 없을지도 모르며 일상생활로 돌아가기까지 최소 2년은 걸릴 거라고 말했다. 장시간의 병원 생활이 너무 힘들어 퇴원을 결심했을 때 왼쪽 발은 발바닥이 바닥에 닿아 있는지조차 느낄 수 없을 정도로 신경이 손상되어 있었고 오른쪽 발은 뼈마디 하나하나가 아픈 듯했다. 한겨울에 퇴원했는데 속옷까지 젖을 정도로 땀이 흘러내렸고 집에 도착해서야 휠체어를 거부하며 자존심 내세운 게 후회될 정도였다.

사실 첫 번째 수술 당시 나에게 커다란 사건이 있었는데, 일부 상황은 기억이 잘 나지 않아 마침 보호자로 왔던 동생의 기억에 의존하여 서술하겠다. 수술을 마친 나의 기억은 너무나 춥고 수술을 했다는 느낌이 들지 않았다. 그렇게 비몽사몽한 상태로 병실에 올라왔고 체온이 조금씩 돌아오면서부터 통증은 시작되었다. 발을 누군가 망치로 계속 두드리는 것 같은 통증은 온몸으로 퍼져나가는 느낌이었고 먹는 것은 물론 잠들 수조차 없었다. 나는 고통에 익숙한 사람이라 생각했었지만 전혀 아니었던 것이다.

병원에 존재하는 진통제를 종류별로 다 맞았는데도 통증은 전혀 멈추지 않았고 언제 끝날지 모르는 고통을 버틸 자신이 없어 차라리 의료사고로 죽고 싶다고 생각했다. 결국 괴로워하는 나를 보며 의사는 페치딘 25mg을 처방해 주었다. 이 약은 극심한 통증에 시달리는 환자에게 처방되는 마약성 진통제이다. 페치딘을 맞은 후 10분 정도 지나자 갑자기 손끝이 찌릿찌릿 저리는 느낌이 들었고 "손끝에 마비가 오는 것 같아." 라고 동생에게 말하자마자 손가락이 말려 들어가기 시작했으며, 바로 얼마 지나지 않아 팔이 몸쪽으로 붙으며 경직되었다. 얼굴은 흘러내리는 듯한 느낌이 나면서 마비가 오고 있었으며 눈알은 뒤집혔는지 내 시야는 거의 위쪽만 보였던 기억이 난다. 문제는 마비가 흉부까지 내려오게 되었는데 참고로 흉부 속에는 인간이 숨을 쉬는 데 있어 아주 중요한 크고 작은 호흡근들이 있다. 즉 흉부의 마비는 폐가 운동을 할 수 없어 스스로 숨도 쉴 수 없다는 뜻이다.
순간 호흡을 잃은 내 입에서는 의도하지도 않은 괴상한 소리가 새어

나왔고 내 몸은 곧 분해라도 될 듯 빠르게 떨리고 있었다. 놀란 동생은 나에게 기다리라는 말을 남기고 직접 간호사를 부르러 달려갔다. 심지어 호출 벨이 있었는데도 말이다.

동생의 말에 의하면 마비가 시작됐을 때 상황의 심각성을 인지 못 하고 있다가 페이션트 모니터에 심박수가 180이 넘어가는 것을 보고 너무 놀라서 자기도 모르게 뛰어나갔다고 했다.

나는 적막한 병실 속에 격정적 몸부림을 치면서 홀로 남았고 이대로 죽을지도 모르겠다고 생각하는 순간 뭔가 이상했다. 질식으로 인한 신체적 괴로움이 전혀 없는 것이 아닌가. 사람이 숨을 쉬지 못할 때 산소결핍의 괴로움보다 이산화탄소 축적으로 인한 괴로움이 더 크다는 걸 들었는데, 축적된 이산화탄소가 없었던 탓인지 마비의 효과 때문인지 모르겠지만 외부적 압력에 의해 호흡을 하지 못했을 때와는 전혀 다른 느낌이었다. 오히려 평화로운 느낌에 '만약 지금 내가 내려놓으면 고통 없이 죽음을 맞이할 수 있겠구나.'라는 생각까지 들었다.

그 순간 동생과 간호사가 들어오면서 적막했던 병실은 다시 어수선함으로 가득해졌다.

태어나서 처음 보는 기괴한 몰골의 내 모습을 본 동생의 울음소리는 병실을 가득 채웠고 간호사는 오히려 차분한 목소리로 집중해서 심호흡을 해 보라고 말했다. 그런데 그때 등에서 뭔지 알 수 없는 묵직함이 느껴지는 게 아닌가. 입고 있던 환자복이 뭉치고 구겨진 채 내 등을 불편하게 하는 걸 느꼈다. 왜인지 이유는 모르지만 마비가 등까지는 진행이 되지 않았다는 것을 그때 알았다. 나는 평소 요가나 여러 재활 운동으로 작은 근육들의 사용 방법을 익히 알고 있었고 등 근육을 되는대로 마구 움직였다. 몸에 짓눌려 있던 등은 약간의 팽창과 수축을 하는 듯했고, 그러자 서늘하지만 익숙한 무언가 내 목젖을 감싸는 느낌이 들었다. 바로 숨이었다. 다시 시작된 미약한 호흡과 동시에 나는 처치실로 이동되었고 내 얼굴에 간호사는 산소호흡기를 씌웠다.

얼마 지나지 않아 가슴 쪽부터 마비가 서서히 돌아왔고 스스로 숨을 쉴 수 있게 되자 간호사들을 긴장하게 만들었던 소동은 끝났다.

이 모든 게 불과 5분 만에 일어난 일이었다. 짧다면 짧고 길다면 긴 시간 동안 비록 영화처럼 주마등이 지나가지는 않았지만 말로는 표현하지 못할 격렬한 감정들을 느꼈다.

결국 정확한 이유도 알아내지 못한 채 마약 성분에 의한 부작용이라는 애매한 답변만 받았지만 난 다행히도 영안실이 아닌 병실로 돌아올 수 있었고 나의 생존에 있어 다행인지는 아직 알 수 없지만 나를 아끼는 몇 안 되는 사람들에게 슬픔을 남기지는 않았다는 안도감은 있었다.

안정을 찾은 후에도 고작 용량 25mg밖에 안 되는 진통제 하나가 나를 죽음 근처로 이끌었다는 게 놀라웠으며 결코 나의 생존이 나의 능력 덕분이라는 생각이 들지 않았다. 만약 동생이 옆에 없었다면, 만약 등까지 마비가 진행되었다면, 만약 입고 있던 환자복이 구겨지지 않았다면, 만약 근육에 대한 이해도나 트레이닝이 없었다면, 단 하나의 조건만 성립이 안 되어도 결과는 달랐을 확률이 매우 높다.

'나비의 작은 날갯짓이 지구 반대편에 태풍을 일으킨다.'

어찌 보면 행운은 마치 나비효과 속 날갯짓과 같다. 행운이라는 초기 조건의 작은 변화가 시간이 흐른 뒤 결과에 커다란 영향을 미치게 된다는 말이다. 하지만 과거의 작은 변화는 관찰이 힘들고 오지 않은 미래의 큰 변화는 관찰이 불가능하다. 그럼 대체 무엇이 중요한 걸까?

여기서 깊이 생각해야 할 지점은 '초기 조건'도 '결과'도 아닌 바로 '시간'이다. 시간이 흐른다는 것은 과정이 흐르고 있음을 의미하며 그 과정의 흐름은 곧 경험의 축적을 의미한다. 인간은 이 경험 속에서 다양한 감정을 느끼기도 하고 삶의 지혜를 얻으며 살아간다. 그리고 그 경험들이 쌓이고 성숙함이란 시야를 얻었을 때 날갯짓이라는 이름의 행운을 발견하게 될 것이다. 우리가 할 수 있는 노력은 그 행운을 알아채고 행동하는 것뿐이다. 마치 신경이 살아있던 등과 구겨진 환자복이라는 행운을 알아채고 살기 위한 행동을 한 것처럼 말이다.

거창한 노력은 허울이고 높은 목표는 부담일 뿐이다. 무언가를 원한다면 그저 작은 행동부터 시작하는 것이다. 우리는 모두 그 행동으로부터 단지 과거의 나보다 성장하면 된다. 모든 나무가 열매를 맺지 않아도 어떤 나무는 존재 자체만으로 누군가의 그늘이 되어주고 비록 부러지고 꺾인 이후에도 그루터기가 되어 누군가의 쉼터가 되어준다는 것을 잊지 말자.

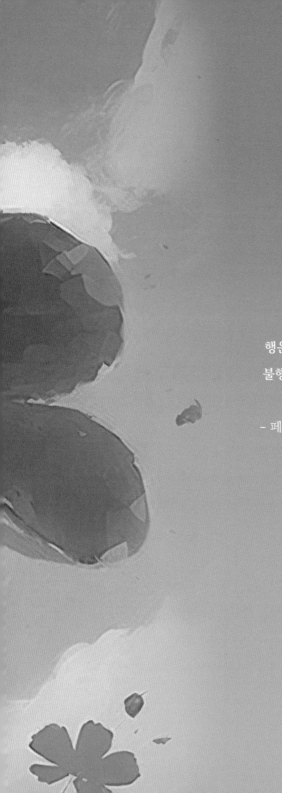

행운을 만나면 겸손해지고
불행을 만나면 신중해져라.

- 페리안드로스 (Periander)

그 냥 해

세계적인 스포츠 브랜드인 나이키는 다양한 아티스트와 협업을 선보이고 성차별이나 인종차별에 앞장서서 대변하며 이미 스포츠라는 전문 분야를 넘어선 브랜드로 평가받는다.

지금이야 많은 스포츠 스타를 지지하고 폭넓은 활동 영역을 보여주는 브랜드로 성장했지만 1980년까지만 해도 아디다스나 컨버스에 비해 아주 낮은 인지도를 가진 스포츠 브랜드 회사였다. 지금은 나이키 역사에 빼놓을 수 없는 NBA 스타 마이클 조던(Michael Jordan)조차 처음에는 아디다스의 협찬을 원했다고 말했을 정도이다.

나이키의 대표 슬로건인 'JUST DO IT'을 한 번쯤은 들어봤을 것이다. 1987년 당시 나이키의 광고 대행을 맡았던 댄 위든(Dan Wieden)은 미국의 사형수 그레이 길모어(Gary Gilmore)가 형을 집행 받기 직전 남겼다는 'Let's Do it'이라는 마지막 말에서 영감을 받아 만들게 되었다고 했다. 의외의 시작이었지만 이 슬로건은 1988년 나이키의 새로운 바람을 일으키게 되는데, 당시 미국의 조깅이나 에어로빅 등 대중들의 피트니스 열풍 시기와 맞아떨어졌고 평소 스포츠와 전혀 관련이 없는 사람들에게도 깊은 반향을 불러일으키며 JUST DO IT 캠페인으로 이어지게 되었다.

기존의 미국에 널리 퍼져 있던 개척정신처럼 무겁고 사뭇 진지한 도전의식과는 달리 무엇을 도전하든 일단 그냥 시도하는 것에 포커스를 맞춘 이 캠페인은 많은 대중에게 공감을 얻었다. 지금도 나이키의 마케팅 방식은 제품을 홍보하는 것이 아닌 '그냥 해'라는 슬로건을 걸고 도전하는 모든 이를 응원하고 찬양한다. 나 역시 이런 정신을 가지고 있는 나이키라는 브랜드를 좋아하기도 하지만 '그냥 해'라는 말은 잃을 것 없던 내 삶의 원동력이기도 했다.

프랑스 파리에서 기차를 타고 동쪽으로 2시간을 달리면 샬롱 앙샹파뉴(Châlons en Champagne)에 도착한다. 이름에 샴페인이 들어갈 만큼 프랑스의 샴페인의 고장으로 불리는 이 작은 마을에는 퓨리 축제(Furies Festival)라는 공연예술 축제가 매년 열린다. 축제 기간에는 마을에 존재하는 공원, 골목, 다리, 도로, 식당 할 것 없이 마을 전체가 공연장이 되고 가로등, 동상, 테라스, 건물 외벽 등 마을에 존재하는 모든 사물이 공연의 오브제가 되는 재밌는 경험을 할 수 있다. 게다가 이 마을에 위치한 국립서커스예술센터(Centre National des Arts du Cirque), 즉 크낙(CNAC) 이라 불리는 이곳은 기존에 알고 있던 서커스를 현대식으로 재해석하여 대중들에게 좀 더 친근하고 공감 가는 접근 방식으로 프랑스 현대 공연 예술에 커다란 영향을 끼치는 예술 교육 기관이기도 하다. 덕분에 이 마을의 주민들은 공연이라는 것을 굉장히 유쾌하게 반긴다.

운 좋게 나는 이런 즐거운 축제에 공연자로 참여할 수 있었고, 마치 눈 내리는 날 강아지처럼 여기저기 신나게 돌아다니다 'Musique et un fil de fer'■라는 강철 외줄 타기 공연에 걸음을 멈췄다. 사람 어깨 정도 높이에 강철 로프를 커다란 삼각형 모양으로 설치해 놓고 금발 머리(로라)와 빨간 머리(줄리)의 여성 두 명이 각각 바이올린과 플루트를 들고 라이브 연주를 하며 줄타기 퍼포먼스를 하는 서커스 기반 작품이었다.

서로 연주와 줄타기 퍼포먼스를 번갈아 가며 하는데, 둘 중 한 명이 긴장감 있는 음악을 연주하면 다른 한 명은 아슬아슬하게 줄 위를 걸었고 또 경쾌한 음악으로 바뀌면 춤을 추듯이 움직였다. 불협화음이 나올 때면 코믹한 모습을 연기했고 각자의 악기 소리로 즐거움, 분노, 슬픔처럼 서로 감정을 주고받으며 마치 소통하듯 연기와 연주를 했다. 바이올린으로 클래식을 연주하다가 플루트로 팝송을 연주했고 관객들은 노래를 따라 불렀다.

그리고 나는 잘 모르지만 아이들을 위한 동요도 연주했던 것 같다. 물론 마지막엔 두 명 모두 줄 위에서 멋진 퍼포먼스와 협연까지 완벽하게 해내며 공연은 끝이 났다. 약 30분 남짓한 공연이었지만 그 자리에 있던 수십 명의 관객의 눈과 귀를 사로잡기에 충분했고 나뿐만 아니라 남녀

■ 음악과 줄타기

노소 모두가 즐거워했던 공연이었다.

항상 이런 큰 축제가 끝나면 애프터 커넥션 파티라고 하여 축제에 참여했던 모든 아티스트와 관계자가 자유롭게 모여 서로에 대한 의견을 공유하고 인사도 나누는 일종의 '뒤풀이' 같은 모임을 한다. 물론 나도 그 자리에 있었고 멋진 공연을 선보였던 로라와 줄리를 만날 수 있었다. 예상대로 그녀들은 크낙의 학생들이었고 나는 궁금한 걸 질문하기 시작했다.

"나 너희 공연 정말 재밌게 봤어. 줄타기 얼마나 연습한 거야?"

줄리가 대답했다. "나는 4년 정도 탔고 로라는 3개월밖에 안 됐어. 넌 줄타기 천재의 공연을 본 거야."

나는 잘못 들었나 싶었다. 줄 위에서 천연덕스럽게 바이올린을 연주하던 여유로움은 3개월이 아니라 30년 경력자 같아 보였기 때문이다.

"로라, 정말 3개월밖에 안 됐어? 3년 아니고?"

그러자 로라는 옆에 있던 과일 몇 개를 집어 들고 저글링을 간단히 선보이고는 배시시 웃으며 말했다.

"맞아, 3개월 조금 넘었어. 난 원래 그냥 바이올린이 갖고 싶어서 클래식 음악을 전공했는데 그냥 저글링이 배우고 싶어서 크낙에 입학했어. 한창 저글링을 연습하던 어느 날, 또 그냥 줄타기가 해보고 싶어서 올라갔더니 금방 걸어지더라고. 줄리가 많이 도와줘서 지금은 줄타기 공연을 하지만 난 사실 저글링을 더 오래 했어."

이야기를 들은 나는 신선함에 잠시 할 말을 잃었다. 며칠 만에 줄타기를 성공한 사실 때문이 아니라 그녀의 모든 행동 동기가 '그냥 하고 싶어서'였기 때문이다. 수십 분이 지나고 그녀들은 공연을 위해 다른 지역으로 떠난다며 먼저 일어났다. 그리고 작별 인사를 하던 로라는 마지막으로 나에게 말했다.

"혹시 너도 하고 싶은 게 있다면 그냥 해 봐! 어쩌면 너도 천재가 될지도 몰라."

얼마 전 우연히 미국의 파워볼 당첨 뉴스를 접했다. 무려 292,201,338분의 1이라는 확률을 자랑하는 이 복권은 1992년 시작으로 미국의 45개 주가 실행하고 있고 세계적으로도 유명한 복권이다. 이런 최악의 당첨 확률 덕분일까? 40회차의 누적으로 복권 역사상 최대 금액의 당첨자가 나온 것이다. 무려 20억 4,000만 달러, 한화로 2조 6,000억 원이 넘는 금액이었다. 금액이 너무 커서 체감조차 되지 않았지만 뉴스를 보고 난 후 나의 기분은 뭔가 허무함과 동시에 불편한 느낌이 들었다.

그냥 '저런 망할 불로소득! 아이고 배야!' 하고 넘길 수 있었지만 나는 뭔지 모를 이 기분의 근원이 궁금했다. 과연 매주 복권을 사는 행동이 2조 원이 넘는 가치의 노력인가? 노력이란 과연 무엇일까?

사회적 통념으로 노력이란 무언가를 이루기 위한 기본적인 자세다. 그래서 많은 사람은 성공과 노력을 비례하여 바라보고 그것이 타당하며 옳은 것이라 여긴다. 하지만 그 누구도 로라에게 적은 노력으로 얻은 줄타기 실력이 옳지 않다고 말할 수 없고 그녀에게 노력하지 않아서 음악인으로서 성공하지 못했다고 말할 수도 없다. 나는 관여한 적 없는 노력이라는 가치는 누가 평가하고 방향성의 옳고 그름은 누가 정의하였는가? 나는 문득 떠올랐다.

'혹시, 모두가 노력이라는 가치를 너무 신성시하고 있는 것이 아닐까?'

사실 생각해 보면 노력의 가치는 행동한다는 것 그 이상 그 이하도 아니다. 노력에 대해 광적인 신격화를 만들 필요도 없으며 결과라는 잣대를 기준으로 이분법적 사고로 노력을 바라볼 필요도 없다. 천문학적 금액의 복권 당첨 역시 구매 행위라는 노력이 낳은 가치가 될 수 있고, 어떤 선수가 올림픽 경기에서 메달을 얻지 못했다고 해서 노력의 가치가 없는 것이 아니다.

모든 노력은 그저 행동을 한다는 것이고 우리는 그 행동하는 사람들을 응원할 뿐이다. 오늘도 나는 나에게 말한다.

"그냥 해."

시도하고 실패하라.
하지만 시도를 실패하지 말아라.

- 스티븐 카구아 (Stephen Kaggwa)

건 강 한
모 순

　무엇이든 뚫을 수 있는 창과 무엇이든 막을 수 있는 방패의 공존은 모순이다. 우리는 어떤 일에 앞과 뒤가 맞지 않거나 사람의 말과 행동이 다를 때 모순적이라고 말하고 타인이나 어떤 사건에 대한 신뢰의 척도로 사용하기도 한다. 하지만 생각해 보면 모순이라는 개념은 정말 웃기는 말이다. 모순이라는 말을 만든 인간만큼 모순적인 존재는 어디에도 없기 때문이다. 살아오면서 모순을 불편해하거나 혐오하는 사람들을 많이 봐 왔지만, 그들 중 모순적이지 않은 사람을 본 적이 없다.

　사람은 타인이 무겁게 말한 비밀을 가볍게 입 밖으로 내뱉으며 미세먼지를 욕하면서 자동차는 매일 끌고 다니고 평등한 세상을 원하지만 아프리카 난민을 위한 구호 활동은 하지 않는다. 또한 건강하고 싶지만 자신이 무엇을 먹는지 알려고 하지 않고, 동물의 고통에 슬퍼하지만 타인의 고통에는 무감각하며 플라스틱 빨대를 거부하지만 나무를 베어 종이 빨대를 만드는 것처럼 인간 세상에 모순은 수도 없이 많다.

물론 나는 누군가의 모순에 별로 집착하지 않는다. 이런 말을 하는 나 자신 또한 모순으로부터 자유로울 수 없기 때문이다. 이쯤 되면 모순이라는 말 존재 자체가 모순이 아닌가 싶다. 대부분의 사람은 자신의 모순을 외면하지만 타인의 모순에는 민감하게 반응한다. 특히 어떠한 분야든 간에 경제적 득과 실이 연관되어 있는 문제에서 사람들은 더욱 민감하게 반응하고 나아가 자존심 싸움으로 번지게 되어 상대를 적대시하기도 한다. 어쩌면 민감하게 반응하는 것이 모순이라서가 아니라 반드시 모순이어야만 하기 때문일지도 모른다.

모순의 진정한 의미와 목적은 싸움에서 승리를 만끽하는 것이 아닌, 오해를 거두고 논리적으로 더 나은 해결책을 찾기 위해 사용되어야 한다. 하지만 현대의 모순은 그저 상대를 깎아내리기 위한 도구일 뿐이다. 마치 절대적인 듯이 자신만의 논리 뒤에 숨어 상대를 부정하고 깎아내리기 바쁘다. 논리를 중요히 여기는 과학에서조차 논리적이지 못하다고 하여 절대적으로 부정을 하지 않는다. 과학은 자신이 관찰하거나 경험한 현상을 바탕으로 추론할 뿐이고 그것에 대해 과학은 긍정도 부정도 아닌 또 다른 질문을 할 뿐이다.

다시 말해 모순의 목적은 사람을 공격하고 깎아내리기 위해 사용하는 것이 아니라 오히려 현상에 집중해야 하고 건강한 토론을 이어가는 데 있으며 모순이라는 관점을 타인이 제시했을 때 열린 마음으로 경청하고 공동의 목표를 위한 해결책을 구축해야 하는 방향으로 이뤄져야 한다. 그리고 무엇보다 모순에 대해 논하기 전에 가장 중요한 것은 자신만은 일관된 사람이라는 착각을 버리는 것이다.

> '현명한 군주는 신의를 지키는 것이 그에게 불리할 때
> 그리고 약속을 맺은 이유가 소멸되었을 때,
> 약속을 지킬 수 없으며 또 지켜서도 안 된다 …
> 그들과 맺은 약속에 구속되어서는 안 되며
> 약속을 지키지 못한 것에 대한 그럴듯한 이유는
> 항상 둘러댈 수 있기 마련이다.'
>
> – 니콜로 마키아벨리 (Niccolò Machiavelli)

여기 굉장히 모순적인 말이 있다. 만약 누군가 자신에게 불리할 때 약속을 어길 생각으로 당신과 약속을 했다는 사실을 알면 기분이 어떨까? 아마도 당신은 모순을 넘어서 괘씸하다 생각할 것이다. 하지만 약속을 거짓 약속이라고 확신할 수 있는가? 어떠한 사실을 숨기기 위한 거짓된 약속과 진심으로 약속했지만 추후 생각이 바뀌는 것에는 커다란 차이가 있다. 그리고 당신은 이 두 가지 중 뭐가 진실인지 알 방법이 없다. 심지어 상대가 마음을 움직일 만한 그럴싸한 변명까지 둘러댄다면 말이다. 당신이 오직 할 수 있는 것은 그 변해버린 생각에 동의할 수 있는지를 스스로에게 물어보는 것뿐이다.

『군주론』은 군주가 되기 위해서 갖춰야 할 덕목을 집필한 책으로 알려

져 있다.[■] 물론 훌륭한 군주라는 정의는 저마다 다르겠지만, 난 오히려 이 책에서 군주의 입장보다 대중의 심리 표현이 인상적이었다. 내가 느낀 바로는 엄밀히 말해 '군주론'이라기보다는 '인간 길들이는 방법론'에 가까운 내용이다. 그만큼 저자는 정말 인간의 심리를 잘 이해하고 있었으며 뭔가 별로 이해하고 싶지 않지만 이해가 쉽게 되는 모순을 불러왔다. 다행인지 불행인지 모르겠지만 나는 '인간을 잘 다뤄야겠다'라는 생각보다 오히려 '아둔한 인간이 되지 말자'라는 생각이 들었다. 아무래도 군주가 될 팔자는 아닌 것 같다.

인간은 무엇인가를 간절히 원하지만 갖고 난 후엔 흥미를 잃어버리기도 하고 무엇인가를 사랑하지만 떠나보내기도 하며 열심히 죽음을 향해 살아간다. 우리는 모두가 모순적이라는 사실을 받아들이고 모순이라는 바람에 휩쓸려 감정이 넘실거릴 필요도 없으며 그저 건강한 소통의 방식으로 건강한 관계를 이끌어 가야 하는 것이다.

■ 16세기 초 피렌체를 통치했던 로렌초 2세 데 메디치에게 헌정을 위한 책이라고 밝혔지만 전해지지 않은 것으로 알려져 있다.

움직임이
만들어온
인   간

다양한 분야의 사람들과의 공동 작업은 늘 나에게 새로운 배움을 주는 즐거움이었다. 그러다 보면 사람들은 나에게 왜 춤을 추게 되었는지 종종 묻고는 하는데 그때마다 나는 대부분 장황한 설명보다 "그냥 멋있잖아."라고 뻔한 대답을 내놓는다. 물론 길게 설명하기 귀찮기도 하지만 엄밀히 말하자면 사실 질문이 너무 본질적이라 생각이 많아지고 이해하기 쉽게 설명할 자신이 없었기 때문이다.

내가 왜 춤과 운동처럼 움직임을 좋아하게 되었을까? 하고 깊게 생각해 보면 태권도 체육관을 열심히 다니던 초등학교 저학년으로 돌아간다.

난 태권도 체육관에 가는 것을 아주 좋아했다. 학교를 마치고 돌아온 집은 적막하지만 체육관은 늘 활기찼기 때문이다. 또 품새라는 테스트를 거쳐서 단계별로 바뀌는 벨트의 색깔은 나에게 적지 않은 성취감을 안겨 주었고, 무엇보다 지금 생각해 보면 굉장히 고단했을 것 같은 일이지만 꼬맹이들을 데리고 항상 재밌게 놀아주던 만인의 아빠 같았던 관장님도 좋았다. 곰곰이 생각해 보면 비록 1년이라는 짧은 시간이었지만 발이 닿지 않는 겨루기와 격파 실력에 비해 쩌렁쩌렁했던 기합 소리, 차갑지만 포근했던 바닥의 질감, 그 위에서 함께 뛰어놀던 친구들, 단정하게 입고 들어가서 엉성하게 입고 나오는 도복 등 모든 것이 좋았던 태권도는 나의 어린 시절 첫 운동이었고 아마도 그런 좋은 기억들이 지금까지도 여러 움직임에 즐거움을 느끼도록 만들었을 가능성이 크다.

사실 다양한 움직임은 원시시대부터 인간을 만들어 왔다. 자연에서 아주 나약한 존재였던 인간은 포식자를 피하거나 식량을 구하기 위해 빠르게 달리고, 헤엄치고, 높은 곳을 기어오르며 지금 유행하는 운동에 못지않은 과격한 운동을 거의 매일 해야 했으며, 심지어 주거지를 옮겨야 할 때는 수십km에서 수백km를 걸어서 이동해야만 했다. 그뿐만 아니라 도구를 만들거나 정확한 표적을 맞추고 음식을 손질하는 등 섬세한 움직임들은 지금 인간의 뇌 조직과 근육 발달에 커다란 영향을 미쳤을 것이다.

재밌는 사실은 과거에 운동의 의미가 생존이었다면 풍요로운 삶을 살고 있는 현대에는 다이어트가 곧 운동의 의미로 변해버렸다. 주기적으로 운동을 하는 것이 아예 운동을 안 했을 때보다 건강한 자신을 만드는데 여러모로 도움이 되는 것은 사실이지만, 엄밀하게 말하자면 식습관의 변화 없이 운동만으로는 살을 빼거나 건강한 신체를 갖는 것은 불가능하다. 많은 사람이 튼튼한 근육이나 날씬한 몸매처럼 외모를 가꾸기 위해 운동을 하지만, 사실 운동은 뇌 기능에 상당한 영향을 미친다. 우리 몸은 운동을 할 때 심장이라는 기관이 펌프질하며 혈액을 전신 구석구석 보내게 되는데, 그 과정에서 혈관은 확장되고 혈액순환이 활발해지면서 혈액 속 산소가 온몸의 세포로 다량 공급된다.

인간에게 뇌는 겨우 1.4kg 남짓한 무게로 신체에서 겨우 2%에 불과하지만 전체 에너지 중 20%가 넘는 압도적인 양의 에너지를 사용하는 유일한 기관이다. 반면에 근육은 신체에서 40% 이상의 비율을 차지하는 기관이지만 사용하는 에너지는 고작 15% 정도에 불과하다. 역설적인 듯하지만 많은 에너지를 소모하는 것 같은 운동이 오히려 많은 에너지를 뇌에 공급하여 피로감을 더 줄여줄 수 있다는 말이다. 현대인들이 책상에 앉아서 업무만 봐도 커다란 피로감을 느끼는 이유는 뇌가 필요로 하는 에너지는 많지만 그만큼의 충분한 에너지 공급이 원활하지 않기 때문이다.

인간의 감정은 행동과 밀접하게 연결되어 있다. 너무 즐겁고 행복할 때 웃음이 나고 가슴이 벅차오름을 느끼며 호흡조차 가쁘지만 반면에 우울할 때는 표정은 어둡고 가슴이 움츠러들고 한숨만을 쉬게 된다. 그만큼 감정은 행동에 커다란 영향을 미치는 게 사실이다. 그러나 '행복해서 웃는 것이 아니라 웃어서 행복한 것이다.'라는 말이 있듯 반대로 생각하면 행동 콘트롤만 잘하면 감정에 커다란 영향을 미칠 수 있다. 근육을 사용하며 무언가에 몰입할 때 인간의 뇌는 우울감을 느낄 수 없다는 뜻이다.

뇌는 뉴런 신경세포로 복잡하게 연결되어 있고 외부 자극에 따라 다양한 화학적 반응을 신체로 흘려보내는 역할을 한다. 그렇기 때문에 운동을 할 때 역시 세로토닌, 도파민, BDNF, 노르에피네프린 등 뇌 활성을 돕는 화학 물질이 분비되는데 현대 뇌과학은 이 물질들이 그 어떤 우울증약보다 우울증 치료에 탁월하다고 말한다. 특히 BDNF가 부족하면 우울증, 알츠하이머, 조현병, 뇌전증 같은 뇌 질환으로 이어질 수 있다는 연구 결과가 있듯이 BDNF는 뇌의 특정 부분을 활성화시키는 것이 아니라 전체적인 뇌 기능에 영향을 미치는 단백질로 알려져 있다. 사람이 달릴 때 지면에 따라 호흡과 속도를 조절하고 농구할 때 공을 콘트롤하고 수영할 때 물의 저항을 줄이려 노력하듯, 더 나은 결과를 위해 반복하며 학습하는 과정이 BDNF의 분비를 돕는다.

하버드 의대 정신과 존 레이티(John J. Ratey) 교수는 뇌 과학이라는 말조차 존재하지 않았던 1970년대에 마라톤 선수 다수가 은퇴 후 우울증에 시달린다는 것을 알았고, 그들을 연구한 결과 운동이 정신건강에 커다란 영향에 미친다는 것을 처음 알아냈다.

이를 시작으로 이후 많은 학자가 불안, 중독, 강박 장애, 조현병 같은 여러 정신 질환의 치료법으로 운동이 탁월하다는 것을 밝혀내기 시작한 것이다. 운동에 관련된 연구를 했던 학자들은 입을 모아 운동이 자존감에도 커다란 영향을 미친다고 말한다. 물론 날씬한 몸매, 튼튼한 근육을 만들며 자기 스스로 콘트롤했다는 성취감과 만족감이 자존감을 만든다고 하지만 중요한 것은 실제로 운동 자체가 뇌 기능에 좋은 영향을 미친다는 사실이다.

과거에는 운동능력은 지능과는 거리가 멀게만 느껴지는 능력이었다.

하지만 지금은 이를 방증하는 연구가 많아지고 있다. 미국 한 연구에는 초등학생 259명을 대상으로 그룹을 나눠 한 그룹은 일주일에 4시간을 공부 대신 달리기나 체조 같은 기초 체력 운동시간으로 늘려 수업을 진행한 후 그렇지 않은 그룹과 비교하였다. 꾸준한 운동으로 운동능력을 향상시킨 아이들은 쓰기와 수학에서 높은 성적을 보였으며 타 그룹에 비해서 주의집중력도 향상되는 것으로 나타났다. 또한 꾸준한 운동은 원활한 혈액순환과 뇌 기능에 좋은 영향을 미치기 때문에 세계보건기구(WHO)의 건강 지침에는 5~17세의 어린이와 청소년은 매일 최소 60분의 중등도 이상의 신체활동을 권장하고 있다.

지금껏 인간은 오랜 시간 많은 움직임으로 뇌를 구성해 왔고 뇌는 효율적으로 움직일 수 있도록 움직임을 다듬어 오며 진화해 왔다. 움직임과 뇌는 서로를 필요로 하는 메커니즘을 가지고 있으며 이것이 우리가 반드시 움직여야 하는 이유다.

PART 2

나 그리고
타   인

흔하게 RGB로 알고 있는 삼원색은 적절히 섞어 빛이 표현할 수 있는 색을 모두 만들어 내는 것으로 알려져 있다. 그중 파란색 같은 경우 신뢰를 표현하는 색상으로 전 세계 많은 국가 중 98개 국가의 국기에 사용되는 색깔이기도 하며 많은 방송사, 기업들의 로고에 사용하는 색이기도 하다. 그림을 그리는 사람들은 바다와 하늘을 파란색 물감으로 칠하고 청바지에는 파란 염색이 기본이듯 오늘날의 파란색은 흔한 색상이다.

하지만 파란색은 사실 1878년 독일의 화학 박사 아돌프 폰 배이어 (Adolf von Baeyer)에 의해 인공 파란색(Indigo) 염료가 만들어지기 전까지 아주 귀한 색상으로 여겨졌다. 인류가 사용했던 최초의 푸른 색상은 이집트 문명과 메소포타미아 문명에서 발견되었다. 청금석이라는 희귀 광물을 이용해 주로 무덤 내 벽화, 투탕카멘의 마스크, 미라 등을 장

식할 때 쓰였던 것으로 보아 권력을 의미하는 색상으로 사용되었을 것으로 추측하고 있다.

시간이 지나 인디고블루 색상의 기원인 인디고 페라(Indigo fera)라는 식물이 발견되었지만 이 역시 아시아 일부에서만 자랐기에 파란색은 늘 귀한 색상이었다. 우리가 오래된 선사시대 동굴 벽화들에서 파란색을 볼 수 없는 이유이기도 하다.

이 말은 우리가 자연에서 찾을 수 있는 대부분의 파란색은 고유색상이 아니라 빛의 산란에 의한 착각이라는 뜻이다. 하늘, 바다, 나팔꽃, 수국, 블루탱 비늘, 파랑새의 깃털, 모르포 나비의 날개 그리고 카멜레온이 가지고 있는 다양한 피부색 모두 실제 파란색 색소를 가지고 있는 것이 아닌, 표면의 미세한 구조에 따른 빛의 산란 때문이다. 당신이 파란 염료를 얻겠다고 파란색 꽃을 열심히 빻아도 붉은색이나 보라색을 얻을 확률이 높다.

이런 착각을 하는 이유에는 인간은 빛의 파장 중 일부분인 가시광선에만 의존해 살아가도록 진화해 왔기 때문이다. 그러나 18세기 이후 현대 과학에 의해 빛에는 가시광선 말고도 자외선, 엑스선, 적외선, 마이크로파, 전파처럼 볼 수는 없지만 다양한 파장이 존재하는 것을 알아냈다. 지금의 우리는 이 파장들을 이용해 사진을 찍어 추억을 남기고 맛있는 요리도 만들고 아픈 환자를 돌보며 아무리 먼 거리에서도 소통이 가능하게 해줄 뿐 아니라 신비한 우주의 비밀을 풀어내기도 한다. 빛의 진정한 가치를 알게 된 것은 인류 역사에 있어 지극히 최근의 일인 것이다.

이처럼 대부분의 사람은 눈에 보이는 것에 쉽게 매료되며 그 모습에 속아 넘어가기도 하는데 위험한 것은 그저 눈으로 보이는 정보만을 믿으며 다른 가능성은 생각하지 않으려는 것이다. 때문에 보이지 않는 작은 결함들을 놓치거나 혹은 무시하여 큰 시련을 맞이하기도 하기도 한다.

기계에는 수많은 부품이 있으며 이 부품들은 저마다 역할이 있고 유기적으로 움직인다. 하지만 그중 작은 부품이 고장 나면 시간이 지나 전체적인 기계 결함을 일으키기도 한다. 사람의 몸도 마찬가지로 눈에는 보이지 않지만 세포라는 작은 부품들로 이루어져 있다. 그리고 세포에도 역시 세포핵, 소포체, 세포막, 미토콘드리아 같은 작은 부품을 가지고 있다. 이 중에서 미토콘드리아는 혈액에 있는 헤모글로빈으로부터 산소를 전달받아 세포가 정상적으로 활동하게끔 에너지를 만드는 발전소 역할을 한다. 이 과정에서 오류가 일어나 활성산소를 만들어 내기도 하는데 신체에 일정 비율로 존재하는 활성산소의 농도가 높아지게 되면 세포의 노화를 촉진시키기도 하고 심각한 경우 퇴행성 뇌 질환을 불러오기도 한다. 즉, 눈에 보이지도 않는 산소는 인간의 생존에 반드시 필요한 에너지이자 병들게 만드는 독인 것이다.

나는 일 때문에 외국을 자주 나가는 편이었다. 그래서 한때는 비행기를 탈 때 가장 중요하게 생각하던 것이 있었는데 내가 탑승한 구역에 아기가 있나 없나였다. 쉬지 않고 울부짖는 아기와 함께하는 장시간 비행은 정말 해결 방안이 없어 난감하기 때문이다. 아니 솔직히 짜증에 더 가까운 게 맞는 것 같다.

하루는 마르세유에 가기 위해 프랑스행 비행기를 탔는데 내 좌석과 통로를 사이에 두고 한 살 정도로 보이는 아기와 엄마가 나란히 앉아 있는 게 아닌가. 심지어 새벽 비행기라 아기를 만날 거라는 생각을 못 해 더욱 당황스러웠다. 나는 속으로 아기가 부디 편안하고 즐거운 비행이 되기를 바랐지만 내 바람과는 달리 비행기가 뜨자마자 세상에서 가장 서럽게 울기 시작했고 이런 상황이 10분이 넘게 지속되자 숙면을 위해 새벽 비행기를 선택한 자들의 소리 없는 아우성이 퍼지는 듯했다.

그녀 옆에 앉아 있던 외국인 승객이 아기와 놀아주려는 듯 말을 걸자 엄마는 "It's Okay."라고 단호하게 말했고 승무원들의 도움에도 엄마는 오로지 "It's Okay."를 외치며 방어적인 태도를 보였다. 잠시 후 그녀는 주변 사람들에게 사과 한마디 없이 아기를 데리고 화장실 통로 쪽으로 이동했다. 사람들의 호의에도 방어적으로 행동하는 그녀의 태도가 뭔가 불편했지만 뭐라고 해봐야 분위기만 안 좋아지고 나는 그저 조용히 귀에 이어폰을 꽂았고 잠이 들기를 바라며 눈을 감았다.

그러나 아니나 다를까, 아기는 비행기가 뜨고 무려 몇 시간을 수시로 울었다. 잠시 잠잠해진 틈을 타 겨우 잠이 들 수 있었고 3~4시간 정도 잘 수 있었다. 도착하기 2시간 전쯤 또다시 아기의 울음소리에 눈이 떠졌다. 거의 뜬눈으로 새벽 비행을 한 나도 힘들지만 우는 아기 돌보는 엄마 역시 힘든 건 마찬가지일 거라는 생각이 들었고, 나는 차라리 푸념이라도 할 생각에 그녀를 비난하는 대신 대화를 해보기로 했다.

"저, 아기랑 둘이 여행 가시나 봐요?"

그러자 그녀는 잠시 머뭇거리다가 "아니요, 애 아빠가 아파서 병간호 하러 가요."

그녀의 뜻밖의 대답에 잠깐의 정적이 흘렀고 당황했지만 화제를 돌려서 웃으며 말했다. "아기 데리고 비행하기 힘드시죠?" 그러자 그녀가 말했다. "외국 비행기를 처음 타 봐서 정신이 너무 없네요. 많이 시끄러우셨죠, 정말 죄송합니다." 계속 의외의 답변을 듣게 된 나는 사연이 궁금했고 대화를 이어갈수록 더 예상치 못한 사실을 알게 되었다.

한 시간 남짓의 대화를 요약하자면, 하루 전 아기의 아빠가 출장 중에 크게 사고가 났고 비행기 타기 전에 수술에 들어갔다고 한다. 해외 환자이송 허가가 가능할 때까지 오래 걸릴 것 같아 아기까지 데리고 가게 되었고 아기는 파리에 사는 지인에게 맡기고 병원을 왔다 갔다 하기로 했다는 것이다. 대화를 나누다 보니 어느덧 파리에 도착했고 나는 그녀에게 외국에서 주의사항 몇 가지와 남편의 쾌차를 빌어준 후 마르세유행 기차에 몸을 실었다.

달리는 기차 안에서 이해할 수 없었던 그녀의 행동들이 모두 이해가 됐다. 그녀가 굳이 왜 새벽이라는 시간에 아기까지 데리고 급히 비행기를 타야만 했는지, 사람들에게 왜 방어적일 수밖에 없었는지 말이다. 영어도 서툰 그녀의 첫 외국 여행이 사랑하는 사람의 병간호 때문이라니, 비행 내내 수술은 잘 되었을지 타지에서 어찌 생활할지 정말 오만가지 생각이 들었을 것이다. 그녀가 얼마나 두렵고 조급한 마음으로 비행기에 몸을 실었을지 아무것도 알지 못한 채 비치는 단편적인 모습만 보고 이미 알고 있다는 듯이 아기랑 여행이나 다니는 팔자 좋은 아줌마로 판단한 내가 너무 오만하게 느껴졌다.

많은 사람은 사람을 대할 때 대상을 빨리 파악하고 싶어 한다. 그래서 보이는 일부 모습에 속아 이미 알고 있다고 판단하며 때로는 편견을 갖기도 한다. 그리고 쉽게 가진 편견은 쉽게 사라지지 않는 확증편향을 불러오기도 하는 것이다. 현명한 투자자들은 돈을 보고 투자하는 것이 아니라 당장은 보이지 않는 돈의 흐름에 따라 투자하고, 현명한 기업은 지금의 고객들 이외에 보이지 않는 잠재적 고객까지 고려하여 마케팅한다. 사람이 돈을 버는 이유는 돈 자체가 가진 속성 때문이 아니라 돈으로 할 수 있는 잠재적 가치 때문이다. 맛있는 음식을 먹고 좋은 집에 사는 것을 넘어 어려운 이들에게 희망을 심어주고 세상을 바꾸며 인류 발전에 기여할 수도 있는 그런 잠재적 가치 말이다. 이와 같은 보이지 않는 가치가 없다면 돈은 그저 땔감에 불과할 것이다.

세상에는 사랑, 행복, 정의, 열정처럼 보이지 않는 가치가 있다. 적어도 나의 세상은 보이지 않는 가치들이 만들어 왔고 아마 앞으로도 그럴 것 같다.

진실은 언제나 가까운 곳에 있다.
다만 사람들이 그것에 주의하지 않을 뿐이다.
진실은 우리를 늘 기다리고 있다.

- 블레즈 파스칼 (Blaise Pascal)

사 랑 받 고
싶 다 면

　누구나 목적을 가지고 살아가지만 사람들은 그 목적을 쟁취하는 과정을 중요시한다. 그렇기 때문에 부유한 가정에서 태어나서 상대적으로 쉽게 성공하거나 편법을 써서 성공한 사람들을 대중들은 인정하려 들지 않거나 혹은 인정은 하되 사랑하지 않는 이유이기도 하다.

　얼마 전 우연히 흥미로운 영상을 보았다. 자신을 고도비만이라고 소개하는 남자가 턱걸이에 도전하는 과정을 매일매일 기록한 영상이다. 턱걸이는 아무리 운동신경이 좋은 사람들도 처음 시도할 때는 굉장히 어려워하는 운동이기도 하다. 하지만 웃통을 벗은 이 남자의 몸은 축 처진 어깨선과 두툼한 뱃살을 가지고 있었으며 딱 봐도 턱걸이는커녕 매달려 있기도 버거워 보이는 몸이었다. 실제로 철봉에 제대로 매달리는 방법도 모르는 것 같았는데, 그런데도 무거운 신체로 무작정 시도하는 모습은 무모해 보이기까지 했다.

도전한 지 10일 정도는 철봉을 당기지도 못했고 잠시 매달리고 떨어지고를 반복했다. 그러다 매달리는 게 익숙해질 때쯤 고무밴드의 도움을 받아 매달려 있는 팔이 약간 굽혀질 정도만 아주 조금 올라가는 것이다. 초반에는 자세도 엉망이고 물론 끝까지 올라가지도 못했지만 한 30일이 지나자 밴드를 발에 걸고 끝까지 당겨 올라갔고 40일쯤 되니 옆구리와 등에 살이 조금 빠져있고 자세와 등 근육이 제법 잡히기 시작했다.

이때부터 사용하던 고무밴드의 탄성 강도를 줄여가며 전완근과 등 근육을 제대로 사용하는 모습을 보이며 자세가 예쁘게 나오기 시작했다. 그리고 마지막 60일이 되는 날 불가능해 보이기만 했던 턱걸이를 고무밴드의 도움 없이 혼자의 힘만으로 성공한다.

이 영상은 얼굴조차 나오지 않고 영상미는 존재하지도 않으며 오히려 투박하고 평범하기 짝이 없는 8분 남짓한 두 편의 영상이다. 난 집에 TV도 없을뿐더러 특정한 목적이 없이는 온라인의 영상을 시청하는 경우가 거의 없다. 하지만 이 영상은 왠지 나를 사로잡았다. 더 놀라운 것은 그 영상에는 국적을 불문하고 10만 개가 넘는 댓글이 달렸으며 그들은 대부분 영상 속 주인공의 성공을 기원하고 응원하며 존경을 표하는 댓글들로 가득했다. 유명인도 아니고 그렇다고 어디 특별한 것 없어 보이는 평범한 사람의 평범한 영상에 왜 이렇게 열광하는 걸까?

그것은 어쩌면 사람들이 본 것은 턱걸이 성공 과정을 기록한 영상이 아닌, 영상 속 주인공이 스스로를 사랑하는 과정을 기록한 영상으로 느끼기 때문이 아닐까 싶다. 자신이 생각하는 부족함을 인정하고 극복해

나가며 그런 자신을 점점 더 사랑해 가는 과정 말이다. 사실 누구든 가까운 사람에게조차 자신의 부족한 모습을 스스럼없이 드러낸다는 것은 쉽지 않은 일이다. 하지만 영상 속 주인공이 불특정 다수의 사람에게 자신의 부족한 점을 드러내고 인정하며 변화를 시도하는 모습은 사람들의 마음을 일깨운 듯 보였다.

많은 사람은 '그럼에도 불구하고'라는 말이 아주 잘 어울리는 사람을 사랑하는 것 같다. 우리는 단순하게 같은 핏줄이라 하여 가족을 사랑하지 않고, 단지 부와 명예를 얻었다고 하여 유명인들을 사랑하지 않는다. 비록 항상 좋은 자식은 아니었지만 그럼에도 불구하고 나를 위해 부모님이 희생해 온 과정들을 사랑하는 것이고, 아무도 몰라주던 힘든 무명 시절이 있었지만 그럼에도 불구하고 꾸준하게 자신의 자리를 지켜낸 유명인들의 성장 과정을 사랑하는 것이다.

턱걸이에 도전한 영상 속 주인공은 자신의 부족한 신체적 능력을 고도비만의 체형으로 가감 없이 드러냈고 그럼에도 불구하고 턱걸이라는 목적을 달성하기 위한 60일 동안 꾸준히 행동하는 과정을 지켜본 사람들은 그를 사랑하게 된 것이다. 우리가 누군가에게 느끼는 진실된 사랑이라는 감정은 현재의 결과적 모습 때문이 아니라 그 사람이 걸어온 과정으로부터 느끼게 되는 것이다.

많은 사람은 타인에게 관대하지만 스스로에게만큼은 엄격한 기준의 잣대를 두고 자신의 부족한 점을 받아들이는 것을 어려워한다. 자신을 온전히 받아들이지 못하는데 타인을 받아들인다는 게 가능하긴 할까?

누군가에게 사랑을 받고 싶다면 자신을 먼저 사랑해야 한다고 말한다. 과연 자신을 사랑하는 올바른 방법은 무엇일까? 아마도 자신을 온전히 사랑한다는 의미는 과거의 실수를 자책하기보다 다독이고, 현재의 시간을 꾸준히 달리며 어떠한 미래가 다가오든 책임질 준비가 되어 있는 태도가 아닐까? 이 모든 과정에서 자신에게 부족한 것은 채우고 과한 것은 비워내며 스스로 자아 성찰을 통한 자신만의 균형을 지속적으로 찾아가는 과정의 반복 말이다.

스스로에게 엄격한 사람들은 타인에게 보이는 자신의 부족한 모습을 외면하고 완벽한 모습만을 사랑한다. 자신에게조차 외면당해 그 누구에게도 사랑받을 수 없게 된 나의 부족한 모습은 결국 내면의 어둠으로 변하게 될지도 모른다. 사람은 매 순간 변화하기 마련이다. 지금의 나 자신이란 어제의 나와 다르며 다가올 내일의 나는 알 수 없다. 비록 이토록 불안정한 존재지만 그 사실을 인정하고 스스로에게 미소를 지을 줄 알아야 한다. 이처럼 스스로에게 떳떳한 모습은 타인으로부터 사랑을 불러오게 될지도 모른다.

미소는 사랑의 시작이고 평화의 시작이다.
강력한 사랑은 판단하지 않는다. 오직 주기만 할 뿐이다.

- 마더 테레사 (Saint Teresa of Calcutta)

```
┌─────────────┐
│  포 용 과    │
│  관    용    │
└─────────────┘
```

　뉴욕시 허드슨강의 엘리스섬은 1892년 1월 1일부터 1954년 11월 12일까지 미국으로 들어온 이민자들이 반드시 거쳐야 하는 인류 역사상 첫 입국 심사 검문소로 쓰였다. 지금의 입국 심사와 비슷하게 입국 시 자신의 신분이나 입국 권리를 증명할 서류 확인과 간단한 질병에 대한 검사를 받았다.

　그렇게 60년이 넘는 시간 동안 미국으로 들어온 이민자의 수는 1,200만 명이 넘는다. 1900년도 미국의 인구수가 약 7,600만 명이라는 것을 감안하면 당시 미국이 얼마나 많은 이민자를 받아들였는지 체감할 수 있다.

　19세기 유럽은 산업혁명의 확산으로 많은 기술 발전이 일어나는 시기였지만 반면에 정치적으로는 대혼란의 시기였다. 유럽을 지배했던 나폴

레옹이 몰락하면서 여러 나라에서 자유주의와 민족주의 바람을 일으켰고 그 과정에서 이념이나 종교적, 문화적 갈등으로 크고 작은 혁명과 내전이 시도 때도 없이 일어나던 시대였다. 같은 시기 미국은 프랑스로부터 루이지애나 매입을 시작으로 서부 확장 및 하와이 합병까지, 건국 이후 약 100년 만에 지금의 미국 모습을 모두 갖추게 된다. 이런 급진적인 대륙 확장으로 많은 노동력을 필요로 했던 찰나, 때마침 혼란스러운 유럽으로부터 경제적 기회를 찾아 넘어오는 이민자들을 받아들이게 된 것이다. 많은 사람이 지금의 초강대국을 만든 근원을 군사적, 지리적 이유로 이야기하지만, 미국 발전의 본질적 근원은 포용력, 즉 다양한 민족의 인재들을 받아들였기 때문에 가능했다고 생각한다.

이와 같은 미국의 포용력은 서로 다른 문화와 인종의 사람들을 받아들이면서 자연스레 다른 가치관, 생각들도 동시에 받아들이게 되었다. 물론 그 과정이 쉽지는 않았지만 결과적으로 존중과 타협이라는 기반 위에 배경이나 정체성과 상관없이 균형 있게 주어지는 기회들이 지금의 미국으로 발전하게 만든 것이다.

인간관계에서 타인을 깎아내리는 것만큼 쉬운 일이 없다. 사람들에게 다른 점을 찾아 틀렸다며 비난하면 되기 때문이다. 그럼에도 불구하고 나와 다른 점을 이해하고 받아들이는 태도가 바로 포용력의 기본이다.

오늘날 우리는 모두가 다른 생각을 가지고 살아간다는 것을 알고 있는 것 같지만 무수히 많은 다른 생각들에 대해 존중한다는 것은 쉽지 않은 일이다. 타인의 생각을 존중하지 못하는 이유에는 어쩌면 다름의 시작이 나 자신으로부터 시작한다는 사실을 인지하지 못하기 때문일지도 모른다. 대부분의 사람들은 '모두가 다르다'를 '자신과 다르다'의 의미로 쉽게 혼동한다.

언뜻 보면 비슷한 것 같은 두 문장의 의미는 명확하게 다른 의미를 가지고 있다. '모두가 다르다'는 것은 말 그대로 나를 포함한 모두가 다르며 어느 누구도 판단의 기준점이 될 수 없음을 의미하지만, '자신과 다르다'는 의미는 자기에게 기준을 세워두고 시작하는 자기중심적 사고의 접근 방식이다. 이는 마치 타인의 생각을 자신과 다른 방향이 아닌 반대 방향이라 착각하게 만들고 편향된 생각을 갖도록 하며 심지어 대립의 구도로 인지하기까지 한다. 누군가에게 무언가 제시하기 전에 혹은 누군가로부터 무언가 제시받기 전에 이미 다름의 시작은 나 자신으로부터 시작되고 있음을 알아야 한다.

간혹 포용에는 관용이 따르기도 한다. 누군가의 실수나 잘못에 관용이 없다면 포용력은 결국 발현되기 어려우며 이는 결국 폐쇄적이고 비합리적인 생각으로 뻗어나가기 십상이다. 세상에 태어나 한 번도 새로운 것에 도전하지 않은 사람은 없다. 아기가 처음 숨을 쉬는 순간부터 일어서서 첫걸음마를 하고, 그 아이가 자라서 새로운 친구들을 사귀며 그중 하나와 사랑에 빠지기도 하고, 설레는 마음으로 누군가에게 고백하거나 나아가 평생을 함께하는 것처럼 사람이 살아가는 과정은 모두 새로운 도전이다.

사람은 삶을 살아가며 다양한 도전을 하고 실수로부터 깨달음을 얻는다. 이처럼 실수는 새로운 것을 학습하는 과정에서 나타나는 자연스러운 현상이지만 결과 중심적 사회에서는 실수는 꽤 냉정하게 취급되기도 한다. 빠르고 정확하고 효율을 추구하는 집단생활에서 실수란 시간적 낭비, 경제적 낭비를 의미하기 때문일 것이다. 그러나 타인의 실수에 관용이 없다는 것은 새로운 도전에 제약을 만드는 것과 같으며 그 제약이 오래 지속될수록 발전 가능성을 가로막는 결과를 초래한다. 더 커다란 잠재적 문제는 실수에 대한 두려움을 만들고 최악의 경우 은폐로 이어지기도 하는데, 그렇게 숨겨버린 실수는 오랜 시간이 지나면 지날수록 치명적인 위험이나 돌이킬 수 없는 재앙이 되어 돌아오기도 한다.

제대로 작동하는 실수에 대한 관용이란 책임을 탓하거나 실수를 결함으로 인지하는 것이 아니라, 해결 방안에 중점을 두고 성장의 과정으로 인지해야 하는 것이다.

여행을 다니는 이유에는 대부분 시야를 넓히기 위함에 있을 것이다. 건강한 여행은 좁은 울타리를 벗어나 더 넓은 세상에서 그 나라만의 문화와 다양한 사람들을 통해 좋은 것은 받아들이고 불필요한 것은 걸러내며 경험한 적 없는 문제들을 해결하는 등 다양한 과정에서 자신만의 인사이트를 구축하는 것이다.

재밌는 사실은 많은 사람은 적어도 여행을 다닐 때만큼은 저들과 내가 다르다는 것을 쉽게 받아들이며 현지 사람들이 자신처럼 생각하거나 행동하기를 바라지 않는다는 것이다. 어쩌면 여행이 기분을 들뜨게 만들어 자신도 모르는 사이 관대해지는 이유도 있겠지만, 아마도 가장 큰 이유는 여행지에서만큼은 명백하게 자신이 외지인이라 생각하기 때문일 것이다. 즉, 여행을 할 때만큼은 내가 그들과 다른 환경에서 자랐고 그렇기 때문에 생각도 가치관도 모두 다를 것이라고 좀 더 쉽게 받아들이지만, 대부분 여행이 끝남과 동시에 여행지에 관대함과 포용력을 그대로 두고 돌아오는 듯 타인에게 냉소해진다.

이 세상에 같은 환경을 살아가는 사람이 과연 존재할까? 세상을 살아가며 만나는 모두에게 나라는 사람은 외지인이며 저마다 다른 가정, 종교, 교육, 인간관계로부터 자신만의 환경과 가치관을 구축하고 살아간다. 심지어 가족이라 할지라도 말이다.

여행이란 아무리 계획을 짜고, 예산을 준비하고, 가야 할 곳, 해야 할 것 등 많은 계획을 세우지만 늘 불확실성이 함께한다.

유명 음식점이나 관광명소 체험에 실패하거나 예상치 못한 상황들로 아찔한 여정이 되기도 하고 때로는 그마저도 좋은 추억이 된다. 우리가 살아가는 삶과 너무나 닮아있지 않은가? 삶 자체를 긴 여행이라고 생각을 해 보는 건 어떨까? 그러면 타인을 관대한 마음으로 좀 더 쉽게 포용할 수 있지 않을까?

이미 우리는 삶이라는 여행을 하고 있고 다양한 여행자들을 만나고 있다. 그리고 여행자들은 그저 만남과 헤어짐을 반복하며 모두가 안전한 여행이 되기를 서로 응원할 뿐이다.

용서할 능력이 없는 자는 사랑할 능력도 없다.

- 마틴 루터 킹 (Martin Luther King)

가면놀이

"어떤 주어진 상황에서든 활용할 수 있는 설득의 수단을 찾는 능력."

아리스토텔레스가 말했던 수사학(Rhetorica)에 대한 정의이다. 수사학이란 쉽게 말해 타인을 설득하는 언어 사용법이다. 그는 설득을 위해 중요한 요소로 로고스(Logos), 파토스(Pathos), 에토스(Ethos)를 말했다. 로고스는 화자의 주장의 논리적인 근거나 이유를 뜻하고 파토스는 청자의 정서적 동요를 일으키는 감정적 요소를, 마지막으로 에토스는 화자의 성품을 의미하는데 아리스토텔레스는 에토스를 가장 중요시했다. 이유는 화자가 살아온 삶이나 윤리적 가치관에서 오는 진정성은 뛰어난 말재주로도 얻을 수 없기 때문이다. 오늘날 역시 진정성은 사회적 관계의 핵심으로 여겨지곤 한다.

지속적으로 성장하고 있는 디지털화가 점차 가속화되면서 대면으로 했던 사회적 활동은 화상 채팅 및 소셜 미디어 플랫폼으로 대대적으로 이동하였으며, 더 다양하고 세분된 제품들의 탄생과 쇼핑이 이루어지면서 지금의 브랜드들은 끝없는 온라인 광고로 온라인 상점에서 관심을 끌기 위해 경쟁하고 있다.

글로벌 소비자 브랜드를 위한 비주얼 콘텐츠 마케팅 플랫폼 스택클라(Stackla)는 팬데믹 이후 소비자 쇼핑 습관의 변화를 조사하였다. 2021년 미국, 영국, 호주 등 18~55세 소비자 2,042명을 대상으로 조사한 결과 오늘날 소비 지상주의자와 유명 인사 중심의 문화에서도 진정성이 브랜드의 친화력을 주도한다는 사실을 발견했으며 자신이 좋아하고 지지하는 브랜드를 결정할 때 진정성이 중요하다고 말한 응답자가 83%였다. 그중 59%는 가장 진정성 있는 콘텐츠 유형은 다른 소비자가 직접 만든 콘텐츠라고 말했으며 10%만이 인플루언서 콘텐츠에 진정성이 있다고 말했다.

진정성은 소비자와의 소통을 중요시하는 각종 디지털 미디어 시장에 큰 영향을 미치게 되었다. 다양한 미디어 플랫폼을 사용하는 소비자들은 더 이상 콘텐츠 공급자 측의 기만행위를 참지 않았으며 그 결과 과거에 쉽게 볼 수 있었던 과도한 연출을 기반으로 한 눈속임 콘텐츠를 디지털 미디어 시장에서 점차 사라지게 만들었다.

이를테면 과거 여러 미디어 플랫폼의 유명 크리에이터들의 수많은 '뒷광고' 논란은 크리에이터들이 제공하는 정보들에 대해 진정성을 의심하게 만들었고 소비자들에게 도덕적 실망감을 안겨주는 사회적 파장을 일으키기도 했다. 진정성이 소비에 미치는 영향은 온라인뿐만 아니다. 무수히 많은 기업이 사회적 책임과 윤리적 실천에 뛰어들고 있다. 친환경 체제의 지속 가능성을 우선시하고 대대적인 기후변화 대응을 위해 자원 보존 및 친환경 에너지 사용에 힘쓰고 있다. 세계적 기업들의 진정성 있는 그린 마케팅은 환경 문제에 대한 인식을 높여 사회 전반에 걸친 긍정적 변화의 파급 효과를 선보이고 기존 소비자들에게 충성심을 심어줄 뿐만 아니라 나아가 새로운 소비자의 유입을 이끌어내기도 한다. 하지만 다양한 기업들의 그린 마케팅에 진정성이 있는 것인지 아니면 친환경이라는 가면을 쓰고 있는 것인지에 대한 검증 역시 소비자의 몫이다.

우리는 진정성이 없는 사람을 대할 때면 가벼운 사람처럼 느끼거나 자신의 자아를 노출시키는 것을 꺼리지만 반대로 상대의 진정성이 느껴질 때 자신의 부족한 점을 드러내기도 하며 진정한 자아를 공유하고 의미 있는 관계로 발전하기도 한다. 그뿐만 아니라 갈등이 생겼을 때 진정성 있는 대화는 상대의 마음을 움직이게 만든다. 하지만 상황에 따라 일관성을 잃기 쉬운 인간에게 변하지 않는 진정성 있는 태도란 말처럼 쉽지가 않은 것은 사실이다. 그렇기 때문에 많은 사람이 진정성이라고 쓰인 가면을 쓰고 살아가며 가면이 벗겨지게 될 날을 미처 생각하지 못한 채 스스로 진실한 사람이라 착각을 하며 살아가기도 한다.

공약과 다른 행보를 보이는 정치인이나 미디어 속 모습과 대비되는 사생활을 가진 연예인 등 진정성 없는 유명인들에 대한 대중의 윤리적 평가는 이제 일상이나 다름없다. 최근 몇 년간 학폭, 미투, 빚투 등 유명인들의 과거의 행실과 관련된 폭로가 유행처럼 퍼졌고 이들 중 일부는 오랫동안 쌓았던 커리어를 모두 상실하기도 하였다. 물론 누군가 폭로한다고 하여 모든 사람이 무조건 믿는 시대는 더 이상 아니다. 대중들은 다양한 방법을 이용한 자신만의 검증을 토대로 그 이야기에 진정성이 있는지 판단하려 한다. 이는 어쩌면 과거 마녀사냥, 폭력적인 흑인, 무능력한 여성같이 편협된 사고가 사회에 미치는 악영향을 경험함으로써 학습된 결과일지도 모른다.

　대부분의 사람은 겸손한 태도에 호감을 갖는 경향이 있으며 이에 따라 많은 사람이 겸손함이라는 가면 뒤 자아를 숨기고 살아가려 한다. 하지만 사람은 겸손한 태도에 호의적인 만큼 그 겸손함의 진정성을 검증하려 한다는 걸 잊어서는 안 된다.

　물론 가식적인 태도를 좋아하는 사람은 없을 것이다. 하지만 가식을 부정적으로만 볼 수는 없다. 역설적으로 누구나 가식이라는 가면 하나씩은 품고 살아가며 종종 자신과 타인의 상호관계를 위해 매너로 포장하여 사용되기도 하고, 짙은 목적이 없으며 단지 일상을 원활하게 만들기 위한 전략적 방법에 가깝기 때문이다. 일종의 사회적 관계 유지와 함께 자기방어를 동시에 하는 셈이다.

　하지만 심화된 가식은 집단적 사고방식에 갇혀 자아의 상실을 불러오게 될지도 모른다. 위험한 것은 가식에 목적성이 짙어지는 순간 위선으로 변하게 된다. 자신과 타인을 위해 사용되는 가식과는 다르게 위선의 목적은 오로지 자기 목적을 이루기 위함이며 때에 따라 타인을 도구로 사용하기도 한다. 어떠한 상황에도 자신의 정당성을 유지하기 위해 삐뚤어진 자기합리화와 열정적인 자기 어필은 선한 이미지 뒤 숨겨진 본래의 모습을 알아차리기 어렵게 만들기도 한다. 하지만 위선자의 대부분은 표면에 드러나는 겉모습과 본래의 모습의 충돌로 인지부조화를 경험하게 되며 지속적인 자기모순의 경험은 위선을 유지하는 과정에서 스스로를 무너지게 만들기도 한다.

우리 모두는 자신을 숨기는 것이 거의 불가능한 시대에 살고 있다. 만약 온라인 세계에 한 번도 발을 들이지 않았다면 가능할지도 모르겠지만 말이다. 한번 디지털화된 모든 정보는 지워지지 않으며 지금도 온라인 곳곳으로 퍼져나가고 있다.

요즘의 SNS는 사회적 연결망에서 점점 과시적 연결망으로 변해가는 듯하다. 정확히 말하자면 그만큼 자신을 드러내는 것을 즐기는 사용자가 많은 공간이라는 뜻이다. 자신을 드러내는 것을 즐기는 사용자의 SNS에는 사는 곳, 직업, 취미, 취향, 가치관, 심지어 심리 상태까지 알 수 있는 많은 정보가 담겨 있고 그 밖에 쇼핑이나 커뮤니티 활동, 콘텐츠 소비 같은 다양한 온라인 활동들은 곧 그 사람의 대한 자세한 설명이자 또 다른 검증을 가능하게 하는 크로스 체크 역할을 해주기도 한다.

실제로 이와 같은 정보를 바탕으로 수많은 기업은 마케팅에 사용하고 있으며 이러한 타깃 마케팅의 대상은 누구나 될 수 있다. 운동화 제품 검색 몇 번만으로 모든 SNS 광고가 패션 관련 광고로 변화하는 경험을 쉽게 할 수 있다. 나아가 디지털 시대에 도용이나 피싱 같은 범죄에 SNS 사용자들의 정보가 이용되는 것은 더 이상 놀라운 일이 아니다. 이처럼 온라인에 있는 정보는 모두를 투명하게 만든다. 차라리 가면 뒤에 완벽하게 숨으려는 것보다 자신만의 기준을 세우고 균형 있는 자아를 다듬는 것이 더 현명한 방법이 될 것이다.

앞서 말했듯이 진정성은 현대사회의 키워드이자 인간관계에 있어 중요한 척도라고 볼 수 있다. 하지만 제각각 이해관계에 따라 다르게 느껴지는 진정성은 그럴싸한 말로 표현되거나 단순하게 겉으로 드러나는 행동으로 정의되는 것이 아니며 때로는 오히려 비판에서 진정성을 찾을 수 있다. 평소 권위적이던 직장 상사가 갑자기 친절해졌다고 하여 그 사람의 친절에 진정성이 있다고 생각하는 사람은 없을 것이다. 또는 백화점 직원의 친절한 말투와 행동이 때로는 기분을 좋게 만들지만 대부분의 사람은 진정성을 느끼기보다 백화점 서비스 방침 때문이라 생각할 것이고 사랑하는 가족이나 연인의 비판은 일시적인 거부감을 일으키지만 시간이 지나 나를 진정으로 생각하는 비판으로 느껴질 때가 있듯이, 진정성이란 순간적으로 나타나는 현상이 아니라 오랜 시간 쌓아 온 그 사람의 태도로 정의되는 것이다.

이제 더 이상 사람을 대할 때 진정성 있는 태도를 취해야 한다는 말은 철 지난 유행처럼 진부한 말이 되어버렸다. 오히려 솔직하고 당찬 이미지 메이킹을 위한 일그러진 진정성에 상처받는 세상이다. 현대 사회는 정말 다양한 경로로 다양한 인간관계를 맺는다. 그 안에 무수히 존재하는 가면 중에 진정성을 검증해 낼 자신만의 가치관만이 앞으로 중요한 이정표가 될 것이다.

이 타 심 의
그 림 자

　인류는 생존에 유리해지기 위해 타 집단을 흡수하거나 때에 따라 절멸시켜 가며 점점 집단을 크게 만들어 왔다. 가족과 같은 혈연집단에서 시작하여 부족, 문명, 그리고 국가까지 현대에 들어서는 동호회나 지역 모임 등 생존과는 상관없어도 단순 유희를 위한 집단생활을 하기도 한다. 때로는 대화 한 번 나눈 적 없는 처음 보는 사람일지라도 자신과 공통점이 뚜렷하다면 같은 집단의 사람이라고 생각한다. 이를테면 내가 좋아하는 축구팀의 유니폼을 입은 사람을 보기만 해도 반가운 감정이 생기고 방금 지나친 사람에게 내가 좋아하는 향수 냄새가 흩날리면 호감이 생기기도 하며 심지어 손목에 묵주를 두르거나 목에 십자가 목걸이만 둘러도 나와 같은 집단이라고 느끼기도 한다는 것이다.

　흥미로운 사실은 인간에겐 전혀 일면식이 없는 사람조차도 같은 집단이라고 여기는 능력이 있다는 것이다. SNS에서 우연히 발견한 타인의 피드에서 자신이 좋아하는 연예인의 사진으로 도배되어 있다면 서슴지 않고 팔로우하기도 하며 타인의 피드에서 자신의 정치 성향과 비슷한 문구나 사진들을 발견하면 자신과 같은 편이라고 생각한다. 지금도 온라인에는 얼굴 한 번 본 적 없는 사람들이 모여 아이디라는 문구에 인격을 부여하며 다양한 집단들을 형성하고 있다.

역사적으로 집단생활에 익숙해진 인간은 문제 해결을 위한 협업 능력이 뛰어나도록 진화했고, 이 과정에서 나의 일이 아니어도 남을 돕는 이타심이 발생하게 되었다. 문제는 이타심은 주로 나의 집단과 타 집단으로 나뉘는 형태로 발생한다는 것이다.

바다에 빠진 A와 B가 있다고 가정해 보자. A는 해변으로부터 약 50m 정도에 떠 있고 B는 조금 더 멀리 100m 뒤에 떠 있다.

주변엔 도움을 청할 사람도 안 보이고 전화도 터지지 않는 상황이며, 이안류 탓에 시간이 갈수록 이 둘은 점점 멀리 떠내려가고 있다. 만약 한 명을 구조하면 다른 한 명은 시야에서 사라질 확률이 높다. 수영을 잘하는 당신에게 오직 한 사람만 구할 수 있는 시간만이 주어진다고 했을 때 당신은 A와 B 중 어느 사람을 구조할 것인가? 물론 거리가 비교적 짧아 구조 시간이 짧은 A를 먼저 구하는 것이 합리적인 선택이 될 것이다. 하지만 만약 100m 멀리 떨어져 있는 B가 가족이거나 친한 친구라면 당신의 선택은 어떨까? 이타심에 그림자가 생기는 순간이다.

인간은 내가 속한 집단이 위협을 받을 때 그리고 그로 인해 얻는 불이익이 클수록 상대 집단을 교감이 불가능한 대상으로 취급하는 경향이 있다. 이 같은 현상은 자신의 생존과 직결되는 문제일수록 더 심해지는데, 대표적으로 SNS 같은 온라인에서의 정치적 활동에서 두드러지게 나타나며 단지 나의 집단과 대척점이라는 이유로 익명성 뒤에 숨어 증오하거나 경멸하기도 한다.

그렇다면 과연 인간에겐 오로지 타인만을 위한 이타심은 존재할까? 어쩌면 시간과 능력이 무제한이라면 가능할지도 모르겠다. 시간이 유한한 인간은 최우선으로 자신이 행복하길 원한다. 아무리 가까운 사이라도 오로지 그 사람만을 위한 순수한 이타적 행위는 쉽지 않으며 사실 일방적인 이타심은 존재하여서도 안 된다. 심지어 부모와 자식 사이일지라도 말이다.

대체 부모의 희생이라는 이타심은 어떻게 발생하는 걸까? 그저 엄청나게 이기적인 유전자의 운반 목적 때문일지도 모르겠지만 확실한 것은 모든 부모의 희생은 자식에 대한 책임감이 크게 작용한다. 부모는 자식에게 느끼는 책임감의 깊이만큼 자신의 희생으로 채우게 되는데 미처 채우지 못한 부분은 죄책감이라는 고통으로 채우게 되며, 이는 자식을 향한 이타심을 더욱 불러오게 된다.

그러나 이 고통의 특이한 점은 외부적인 영향에 의해서 발생하는 고통이, 아닌 자신의 내면으로부터 생성되는 고통이라는 점이다. 심지어 그어떤 범죄를 저지른 것도 아닌데 말이다. 이런 면에서 부모의 희생이 위대하다고 여겨지는 것일지도 모른다.

가족이라는 의미를 글 몇 자로 전부 표현할 수 없지만 확실한 것은 모든 관계가 그렇듯 상호 간의 균형을 중요시해야 한다. 일방적인 부모의 희생이나 일방적인 자식의 효, 또는 자식을 삶의 보상으로 바라보는 부모의 태도나 부모의 책임감을 삶의 자원으로 바라보는 자식의 태도는 가족 간의 불균형을 불러오게 되며 이는 곧 가족이라는 기능의 상실로 이어진다.

사실 남을 생각하는 이타심은 무엇보다 자신의 이익에도 도움이 된다. 자신의 이타적 행위로 인해 주위에 신뢰를 쌓음과 동시에 그 이타심은 자신에게 돌아오게 될 확률이 매우 높아진다. 허나 이러한 보상심리에 기반한 이타심은 때론 공정함이라는 저울질을 하기도 하는데 너무나 이성적인 계산에 의해 발생하는 이타심이기 때문이다.

이 같은 현상은 독일의 경제학자 베르너 귀트(Werner Güth)가 고안한 '최후통첩 게임'에서도 확인할 수 있다.

게임의 룰은 이렇다. 딜러는 참여자 A에게 10만 원을 주고 또 다른 참여자 B에게 금액을 제시하여 나눠 가지라고 한다. 이때 A의 제시 기회는 한 번뿐이며 B는 총금액이 10만 원이라는 사실은 알지 못한 채 오로지 A가 제시한 금액을 보고 승낙 또는 거부할 수 있다. 하지만 B가 거부할 경우 A와 B는 모두 돈을 받을 수 없게 된다.

사실 B는 전체 금액의 1%만 얻게 되어도 이득이다. 그럼에도 불구하고 20% 이하로 제시받은 B의 경우 대부분 거절했으며 많은 A가 40% 이상의 금액을 제시하는 결과를 보였다.

이 실험은 많은 사람이 경제적 이득만이 아닌 상호 간의 공정성에 큰 의미를 두고 있음을 나타내는 실험이자, 동시에 공정성이 남을 생각하는 이타심에도 커다란 영향을 끼친다는 것을 의미했다.

앞서 말한 경제적인 이득과는 상관없는 내적 가치관 만족에 의한 이타심이 있다. 바로 기부라는 시스템에서 그런 모습을 찾을 수 있는데 여기서 말하는 기부는 홍보나 이미지 메이킹으로 경제적 이득이 발생하는 기업의 기부가 아닌 개인 기부를 말한다.

개인이 기부하는 이유에는 사회적 책임, 종교적 이유, 공감 또는 세제 혜택 등 여러 가지 이유가 있겠지만 가장 크게 차지하는 비중은 자기만족이다. 우리가 흔하게 말하는 사회적 책임 역시 사회의 구성원으로서의 윤리적 책임을 뜻하므로 결국 자기만족에 속한다고 볼 수 있다. 이를테면 아무도 알아주지 않지만 밝은 사회를 만드는 과정에 기여했다는 내면으로부터 생기는 만족감 같은 것이다.

요즘에는 자신이 기부하는 목적이나 대상을 지정할 수 있기도 하지만 여전히 대부분의 기부는 도움이 필요한 불특정한 대상으로 전해진다. 이러한 기부 형식은 도움을 받는 대상의 얼굴도 모르며 심지어 자신에게 다시 돌아오지 않게 될 확률이 매우 높다. 기부의 대상과 목적도 중요하지만 어쩌면 사람들에게 더 중요한 것은 자신의 작은 활동이 누군가에게는 도움이 된다는 윤리적 위안일지도 모르겠다. 다만 윤리적 위안이 윤리적 우월감처럼 자아도취의 형태로 변화하지 않게 항상 경계해야 한다. 가장 조심해야 하는 것은 이처럼 우월감에서 비롯되는 이타심이다.

한번 상상을 해 보자. 어느 날 당신이 오랫동안 다니고 있는 직장에 친구가 이직하여 새로 들어오게 되었다. 연락이 끊긴 지 꽤 됐지만, 학창 시절 가까웠던 사이였기에 반가웠다. 당신은 비록 몇 주간의 프로젝트

준비로 엄청 바쁘긴 했지만 친구가 새로운 직장 생활에 쉽게 적응할 수 있도록 직원들을 일일이 소개해 주기도 하고 업무 관련 정보들도 알려주며 한 달이 가까운 시간 동안 많은 도움을 줬다. 덕분에 그 친구는 빠르게 직장 생활에 적응하는 듯했고, 그런 모습을 보며 당신은 뿌듯함을 느꼈다. 그동안 준비했던 프로젝트를 발표하는 날이 다가왔고 모두가 긍정적인 분위기에서 무사히 발표를 마치게 되었다. 그런데 친구는 굉장히 비판적으로 바라본다는 사실을 알았을 때 당신은 어떤 감정이 먼저 들까?

비판에 대한 이유? 혹은 괘씸함이나 배신감? 사실 앞에 감정들은 아무래도 상관없다. 어떤 감정이 들든 자연스러울 테니 말이다. 이 이야기 속의 중요한 지점은 사실 당신의 상상 속 둘의 관계가 친구를 돕는 친구였는지 아니면 부하직원을 돕는 직장 상사였는지가 핵심이다. 혹시 후자라면 당신은 우월감에서 그 친구를 도와줬을 확률이 매우 높기 때문이다.

앞서 말한 예시에서 직급 같은 것은 전혀 언급된 적이 없다. 그 친구는 같은 직급이거나 혹은 오히려 새로 온 상사였을 수도 있다. 우월감에서 시작된 이타심은 타인을 공감하며 안타깝게 여기는 과정에서 발생하게 되는데 이는 무의식적으로 타인과 자신 사이에 경계를 만들고 타인을 자신보다 낮게 평가하는 오류를 범하기도 한다. 그로 인해 자신의 도움을 준 타인에게서 자신보다 뛰어난 능력이나 자신을 반대하는 행위를 발견했을 때 부정적으로 받아들이기도 한다. 우월감에서 비롯된 이타심을 공감에서 비롯된 이타심과 혼동하지 말아야 한다. 공감이란 타인의 입장에 자신을 대입시켜 타인을 이해하는 태도이다. 이는 분명 세상을 살아감에 있어 반드시 필요하지만 생각처럼 그리 가볍거나 쉽지만은 않다. 비슷한 경험을 직접적 혹은 간접적으로 하지 않는 이상 상상만으로 타인의 마음을 이해한다는 것은 불가능하기 때문이다.

더군다나 요즘 같은 팬데믹 시대엔 사회적 고립으로 소통의 차단과 동시에 감정적 교류의 기회가 줄어들게 되고 공감과 이해로부터 더욱 멀어지게 된다. 다양한 부류의 사람들과 다양한 감정적 교류는 타인에 대한 이해의 범위를 넓혀준다. 그렇기에 공감이란 대체로 상대적일 수밖에 없다. 환경이나 경험에 따라 자신이 공감하지 못하는 부분을 타인은 공감할 수도 있으며 또는 그 반대가 될 수도 있다. 그 누군가 혹시라도 자신 스스로를 타인보다 공감 능력이 뛰어나 이타적 수준이 높다고 생각한다면 늘 조심해야 하며 공감이라는 이름으로 타인을 쉽게 동정하는 행위는 우월감에 빠지는 지름길이 될 수 있음을 명심해야 한다.

아무런 대가도 바라지 않고
시간과 힘을 쏟아 남을 돕는 것만큼
큰 재능은 없을 것이다.

– 넬슨 만델라 (Nelson Rolihlahla Mandela)

```
┌──────────┐
│ 공 감 의 │
│ 유 통 기 한 │
└──────────┘
```

공 감 의
유 통 기 한

모두가 어우러져 살아가는 세상에서의 공감은 서로를 이어주는 중요한 도구이다. 공감은 타인의 입장에서 세상을 볼 수 있게 해 주며 그로 인해 상대를 폭넓게 이해하고 깊은 교감을 할 수 있도록 도와주기도 한다.

공감에는 인지적 공감과 감정적 공감이 있다. 인지적 공감은 비록 큰 감정의 동요는 없지만 상황을 해결하기 위해 상대의 입장을 객관적으로 바라보고 주로 합리적인 해결 방안을 모색한다.

감정적 공감은 말 그대로 상대가 느끼는 감정을 비슷하게 느끼며 정서적으로 교감하는 능력을 말하는 것이다. 현대사회에는 때때로 공감 능력이 크고 작은 문제들을 해결하기도 한다. 하지만 깊은 공감이 반드시 좋은 결과만을 가져오는 것은 아니다.

예를 들어 고아원에 봉사활동을 가서 유독 공감이 가는 아이에게만 관심을 쏟는다면 다른 아이들을 차별하는 것과 같다. 또는 아이들을 돕고 싶어 큰돈을 기부하더라도 내부의 시스템이 제대로 작동하지 않는다면 의미가 없듯이, 우리가 신중해야 할 것은 깊은 공감의 심취는 공정성이라는 초점을 잃게 만들고 가치 판단을 흐리게 만들기도 하며 감정에 치중하여 원초적 문제 해결보다 지금 당장의 감정 해소에 집중하게 만들기도 한다는 것이다. 저마다 느끼는 공감의 방향성은 상대적이라는 것을 잊지 말아야 하며 타인에 대해 완전한 공감을 원하는 태도가 혹시 자신의 욕심에서 비롯되는 것은 아닌지 생각이 필요하다.

주관적인 성향을 띄는 공감은 의외로 무기력해질 때가 있다. 예를 들어 죽고 싶은 마음밖에 없는 사람에게 가서 "힘내, 이겨낼 수 있어." "나도 너처럼 힘들 때가 있었어." "시간이 해결해 줄 거야." 같은 공감은 전부 소음에 불과하다. 자신만의 시간이 필요한 사람에게 지속적인 관심은 오히려 방해되며 때로는 나서서 무언가를 하려는 공감의 형태보다 상대의 심리를 그대로 받아들이고 묵묵히 옆을 지켜주는 행동만으로 공감을 뛰어넘는 울림을 줄 수도 있다.

공감이 사회적 관계에 중요한 요소라는 것은 사실이지만 이것이 인간임을 증명하는 신분증은 아니다. 공감은 지극히 상대적이며 같은 일에 모든 사람이 하나같이 공감하며 살아가진 않는다. 반지하 사는 이에게 떨어지는 아파트값을 말하고 형편이 어려워 학업을 포기한 이에게 유학의 고민을 말하고, 걷지 못하는 이에게 무릎 부상을 호소하는 것은 본인의 의도와는 별개로 상대의 입장을 고려하지 않은 일방적인 공감 강요이며 상대 기만으로 스스로 위안을 삼으려는 행위와 다름이 없다.

우리는 무조건 서로에게 공감을 강요할 것이 아니라 그 어떤 이해관계나 공감 가지 않는 상황에도 서로를 받아들일 수 있는 방법을 찾아야 하는 것이다.

과거 마음도, 시간도, 경제력도 모든 것이 항상 부족했던 삶을 살아오며 많은 사람에게 느낀 한 가지는 공감의 유통기한은 생각보다 짧다는 것이다. 처음은 나의 어려움을 이해라도 하듯 공감하거나 동정하는 듯하지만 시간이 조금만 지나면 나의 어려움을 마치 결함인 것처럼 취급한다는 것을 느끼게 되었다. 더 끔찍한 사실은 나조차 그들처럼 나의 삶을 결함으로 의심하는 순간이 있었다는 것이다. 그래서 나는 사람들과 잘 어울릴 수 없었고 어울려도 이런저런 걱정에 그저 그 자리가 불편할 뿐이었다. 심지어 나에게 별로 와 닿지 않는 사람들의 '공감 행위'에 일일이 반응해야 하는 것조차 너무 지치던 시절이 있었다.

하지만 지나서 생각해 보니 어쩌면 그들에게는 나 혼자 힘든 척, 나 혼자 바쁜 척, 세상 모든 근심 다 가지고 사는 것처럼 보였을지도 모르겠다는 생각이 들었고, 각자 다른 환경이 만들어 내는 이해관계에 있어서 비슷한 경험 없이 공감할 수 있는 사람은 극히 드물다는 것을 알았다.

그러다 보니 생긴 버릇이 있다면 사람들에게 굳이 나의 상황에 대해 공감을 얻으려고 노력하지 않는다는 것이다. 때로는 타인이 나를 이해하지 못해 불편함을 감수해야 할 때도 있겠지만 반대로 나 역시 상대가 힘들지만 정서적 교감이 불가능할 때 억지스러운 공감보다 지금 나의 감정을 솔직히 말하고 상대가 원한다면 해결 방안을 함께 찾아주는 게 오히려 편했다. 물론 이 이야기 역시 나만의 경험이자 생각일 뿐이며 누군가에게는 공감이 전혀 안 될지도 모르겠다.

공감이 사회에 중요해지면서 언제부터인가 '선한 영향력'이라는 말이 유행하기 시작하였다. 어떤 이의 선함으로 인해 어떤 이가 도움을 받고, 그 도움받은 이가 또 다른 이에게 선함을 행하는, 마치 도미노처럼 선함이 퍼지는 현상을 뜻한다.

언뜻 보기에 너무나도 좋은 의미가 담긴 단어 같지만 나에게는 경계가 아슬아슬한 단어로 느껴지기만 했다. 언제나 그렇듯이 남에게 영향을 미치겠다고 다짐한 행동이나 발언에는 큰 책임감이 따르기 마련이다. 그렇기에 어린아이들에게 영향력을 미치는 교육자나 종교 지도자 같은 위치에 있는 사람들은 언제나 신중해야 하는 것이다. 실로 그 사람의 말 한마디 작은 행동 하나하나가 아이들의 미래에 영향을 미치기 때문이다.

하지만 자신의 행위에 앞서 선함이란 단어를 앞에 붙이게 됨으로써 그 순간부터 모든 행위에 악의가 전혀 없는 것처럼 느끼도록 만들며 심지어 의도와는 다르게 악영향을 받게 되는 사람이 발생하더라도 온전히 그 사람의 탓처럼 느끼도록 만들기 때문이다.

선한 영향력이라는 단어는 마치 선함을 '선함'이란 단어로 포장한 것과 같다. 선함의 행위로 어떠한 이득을 얻기 위함이 아니라면 선함에 있어서는 말로 포장할 필요가 없다. 타인에게 포장까지 해 가며 선하다는 것을 주장하는 선함이 과연 진정한 선함일까? 우리가 간과하지 말아야 할 사실은 선한 목적이 반드시 선한 결과를 불러오는 것은 아니라는 것이다.

본인이 원하든 원치 않든 인간은 살아가는 데 있어 서로에게 공감하는 사회가 필요하다. 그렇다고 공감이 어떤 식으로든 발현되어도 상관이 없다는 것일까? 결국 공감의 기준은 개인의 기준에 달렸다. 중요한 것은 공감 수준이 높냐 낮냐가 아니라 자신의 공감 방향이 무엇을 지향하고 하고 있는지에 대한 고찰이다.

한 사람한테 옳은 것이 다른 사람에게도 옳다는 생각이
얼마나 부도덕한지 깨달아야 한다.

- 프리드리히 니체 (Friedrich Nietzsche)

선 의 의
경 쟁

야생에서 뻐꾸기의 생존경쟁은 아주 유명하다. 다른 새의 둥지에 몰래 알을 낳는 습성이 있는 뻐꾸기는 알에서 부화하자마자 다른 알들을 모두 둥지 밖으로 떨어뜨린다. 눈조차 뜨지 못한 새끼 뻐꾸기의 본능적 생존경쟁은 경이롭기까지 하다.

이처럼 잔인해 보이기까지 한 생존경쟁은 야생에만 존재하는 것이 아니며 인간사회에서도 끊임없이 일어나는 불편한 진실 중 하나이다. 그러나 인간에겐 선의의 경쟁이라는 재미있는 시스템이 있다. 때때로 이런 선의의 경쟁이라는 말로 타인에게 경쟁심을 부추기기까지 하며 승자와 패자가 갈리는 현상을 보면서 쾌락을 느끼기도 하고 나아가 도박이라는 쾌락을 더하기도 한다.

선의는 사전적 의미로 좋은 마음, 좋은 뜻이라고 한다.

과연 타인을 이겨야 하는 경쟁에서 선의가 존재할까? 가끔 인간은 수많은 민족 혹은 국가들의 전쟁을 경쟁이라 부르며 그 과정에서 발생한 기술력이나 사회제도의 발전으로 정당화한다. 전쟁이 인간에게 필요한 듯, 마치 선의의 경쟁처럼 포장해 온 것이다. 이런 관점으로 본다면 인류 최악의 전쟁으로 기억되는 두 차례의 세계대전은 정말 유용한 선의의 경쟁이라고 할 수 있다.

당시 독일군의 암호를 해독하여 연합국을 승리로 이끌었던 앨런 튜링(Alan Mathison Turing)의 콜로서스는 현재의 컴퓨터라는 이름으로 보급되어 3차 산업혁명을 일으키는 계기가 되었으며 레이더의 원리로 쓰이던 마이크로웨이브 기술은 전자레인지의 발명을 불러왔고, 바다 건너 먼 도시를 불태우기 위한 대륙 간 탄도 미사일의 발달은 현대 시대의 우주산업을 앞당겼다.

그 외 인터넷, 플라스틱 랩, 냉장고, GPS 등 편리한 생활에 기여하는 기술의 발전뿐 아니라 전쟁은 다양한 의학 기술의 발전도 불러오게 된다. 특히 제1차 세계대전 당시 부상이나 트라우마로 인해 다수의 뇌 질환 환자들이 생겨났는데 이때 이들을 치료하던 신경외과 의사 하비 윌리엄 쿠싱(Harvey William Cushing)은 뇌수술 기법을 비약적으로 발전시켜 지금은 신경외과의 아버지로 불리게 되었다.

그 밖에 최근 유행하는 운동법 중 하나인 필라테스 역시 전쟁 당시 패잔병의 건강 회복을 위해 만든 요제프 필라테스(Joseph Pilates)가 고안해 낸 운동법이었다.

의학뿐만이 아니다. 전쟁은 인류에게 도덕성의 발전도 이끌었는데,

1945년 11월 뉘른베르크 전범 재판에서는 제2차 세계대전을 주도했던 나치 전범들에게 반평화적 범죄 공모죄, 침략 전쟁을 계획하고 전개한 죄 등 전쟁과 관련된 전쟁범죄 3개의 죄목과 함께 약 600만 유대인 학살에 관하여 반인륜적 범죄(Crimes against humanity)라는 죄명을 덧붙이며 인류 역사상 첫 인도주의적 범죄를 인정하는 재판을 열었고, 이는 인류에게 윤리 의식을 일깨웠던 대표 사례 중 하나로 남기도 하였다. 이 정도면 전쟁을 선의의 경쟁이라고 받아들일 수 있겠는가? 물론 당치도 않은 소리다.

현대 문명에서는 폭력을 이용한 경쟁은 더 이상 선의의 경쟁으로 보지 않는다. 그렇기에 우크라이나를 향한 러시아의 일방적 전쟁은 선의의 경쟁 수단으로 볼 수 없는 것이다. 그렇다면 개발도상국에게 행해지는 선진국의 경제적, 정치적 제재는 과연 선의의 경쟁 수단일까? 핵무기를 보유한 국가가 다른 국가의 핵 개발을 제재하는 것은 선의의 경쟁인가?

국제정치가 원래 그런 것이라면 범위를 좁혀 개인의 단위로 생각해 보자. 어떠한 신체적 폭력 없이 상대의 권위나 경제력에 의해 자신의 선택의 자유가 상실된다면 과연 그것이 선의의 경쟁이라고 생각할 수 있겠는가? 이쯤 되면 어느 정도까지가 폭력인지 다시 한번 생각해야 할 것만 같다.

무한 경쟁 시대에 선의의 경쟁은 패배자가 쓰는 언어가 아닌 승리자들의 죄책감을 덜기 위한 언어에 가깝다. 바로 이것이 인간의 경쟁과 야생의 경쟁이 다른 지점이다. 선의라는 대의명분으로 경쟁이라는 야생의 본성을 잘 감춘다는 것.

냉정하지만 세상은 승리자 이외엔 잘 기억하지 못할뿐더러 무엇보다 선의의 경쟁이란 말은 경쟁 과정에서 발생하는 패배자들이 느낄 자격지심이나 상대적 박탈감에 대해 책임지지 않는다.

　그러나 위안이 되는 것은 오직 경쟁의 시점으로 본다면 이 세상에 존재하는 진정한 승리자는 몇 명 없다는 것이며, 몇몇 소수 이외에 99.99%의 사람들은 자동으로 패배자가 되어버린다. 마치 당신의 위치가 1층이든 50층이든 100층이든 어차피 하늘에선 모두 땅으로 보이는 것처럼 말이다. 어쩌면 이러한 이유로 신 아래 모두 평등하다는 말이 생겨난 것일지도 모르겠다.

　행운이 따르지 않으면 인간에겐 노력만으로 이뤄낼 수 있는 한계치가 정해져 있다. 그래서 늘 행운이 찾아오는 것을 알 수 있도록 꾸준한 삶을 살아가기도 하지만, 그 특별한 행운은 언제 어디서 올지도 모르며 딱히 쏟는 노력에 비례하지 않을 때도 있다. 많은 사람이 경쟁이라는 시스템에 지치는 이유이기도 하다. 이런 이유로 때로는 자신이 태어난 환경에 대해 불만을 가질 때도 있다. 환경은 실로 굉장한 영향력을 가졌기에 어쩌면 당연한 결과일지도 모른다.

　지리학자 재러드 다이아몬드(Jared Mason Diamond)는 "문명의 불평등의 원인은 인종이 아닌 지리적 환경 때문이다."라고 말하며 '환경결정론'을 주장했다. 환경결정론은 초기에 의도치 않았던 환경 조건이라는 여러 가지 행운이 모여 그 문명의 미래에 지대한 영향을 미친다고 설명하는 것이다.

　비옥한 토양은 다양한 식물들을 자라게 하며 다양한 식물은 다양한 동

물들을 부른다. 이러한 환경은 인간을 모이게 하고 그 안에서의 경쟁이
나 지식 공유로 인해 유럽인은 다른 국가들에 비해 빠르게 발전할 수 있
었다는 것이다. 그렇게 축적된 지식은 인수 공통 전염 병균으로 남미 정
복을 손쉽게 만들어주고 거대한 아프리카 대륙 전체를 식민지화시켜 버
린 것을 보면 환경이 중요하다는 말에 전적으로 동의한다. 환경은 실제
로 많은 것을 결정하고 경쟁 사회에 절대적 영향을 미치는 게 사실이기
때문이다.

누구나 환경을 원망하고 자격지심에 지배당하는 경험이 있을 수 있다.
하지만 타고난 재능이나 환경이 바꿀 수 없는 요소라면, 바꿀 수 없는 외
부의 것에 집착하기보다 오히려 비교적 바꾸기 쉬운 나 자신에게 집중
하고 타인을 이기려 하는 태도보다 타인으로부터 배우는 태도를 갖는
것이 자신이 이룰 수 있는 최고의 모습에 더 도움이 될 것이다.

관계 존중

인도의 러시아워에는 아주 진귀한 장면을 볼 수 있다. 나는 올드델리에서 일을 보고 뉴델리에 있는 호텔로 돌아가던 중 그만 러시아워에 걸려 도로는 주차장처럼 변했다. 신기한 건 분명 4차선 도로였는데 어느새 차들은 도로가 마치 5차선인 것처럼 쓰고 있다는 것이다.

약속이라도 한 듯 모든 차의 사이드미러가 전부 접혀 있었고, 마치 창문만 열면 옆 차에 있는 사람과 볼을 맞댈 수 있을 정도로 가까이 붙어 있게 되었다. 그렇게 오밀조밀 붙어 있는 것도 모자라 쉬지 않고 여기저기서 경적을 울려대는 경험은 교통체증이라는 답답함 이외의 새로운 괴로움이었다.

걷는 것보다 느린 속도에 지쳐가고 있는 와중에 한참 전부터 유독 쉬지 않고 경적을 누르는 뒤 차가 너무 거슬렸다. 짜증이 났던 나는 본능적으로 뒤를 돌아보고 운전자를 확인했는데 이 지옥 같은 교통체증과는 어울리지 않게 너무나 온화한 표정으로 경적을 누르고 있는 게 아닌가?

심지어 눈이 마주쳤는데 웃으면서 인사하는 모습에 나로서는 정말 황당할 뿐이었고, 몇 분이 지나자 내가 탄 차의 운전기사도 경적을 미친 듯이 누르기 시작했다. 마찬가지로 그의 표정 역시 너무 온화했고 나는 운전기사에게 의아한 듯 물었다.

"교통체증 때문에 화나서 경적을 누르는 거야?"

"아니, 지금 화내 봤자 소용없어. 지금 내가 할 수 있는 건 이렇게 옆 차에게 들어가도 되는지 물어보고 대답을 기다리는 것뿐이야."

물어보고 대답을 기다린다… 그제야 지금 이 도로 위에서 제일 화나 있는 사람은 나였다는 것과 수많은 경적의 의미가 순수한 소통을 위한 것임을 알게 되었다.

생각해 보면 모든 관계가 그렇듯 기다림이 필요하다. 관계가 틀어지는 건 상대방이 생각할 시간을 기다려주지 않고 설득과 강요가 시작되는 순간부터다.

삶을 살아가다 보면 가족을 시작으로 하여 친구, 연인, 직장동료, 스승 등 다양한 형태의 관계를 맺으며 살아가고, 특정한 사람에게 호감이 생기고 그에 따라 상대방의 정보를 원하기도 한다. 물론 가까운 관계일수록 이런 성향을 띄는 것이 어쩌면 당연할지도 모르겠지만, 중요한 것은 상대방의 많은 정보를 알고 싶어 하는 자신의 관심이 정말 상대방을 위함인지 아니면 상대방을 컨트롤하고자 하는 본인의 욕구 때문인지 정확하게 구분해야 한다는 점이다.

가장 우선시해야 할 것은 그 어떤 관계라도 그 관심의 대상이 본인의 정보를 타인이 알기를 원하는지 아닌지부터 알아야 할 필요가 있으며 만약 원하지 않는다면 본인 스스로 오픈할 때까지 기다림이 필요하다.

예를 들어 아이에게 "부모님 말씀 잘 들어."라는 말을 자주 하지만 사실 말을 잘 들어야 할 사람은 아이가 아니라 부모다. 아이가 무엇을 원하는지, 어떤 생각을 하는지 그리고 무엇을 잘하고 싶어 하는지 알기 위해서는 아이의 말에 귀를 기울여야 한다.

그렇기에 평소에 아이 스스로 생각을 자주 표현할 수 있게끔 분위기를 만들고 기다릴 줄 아는 태도 역시 필요하다. 그렇지 않으면 결국 부모가 할 수 있는 것은 아이에 대한 강압적인 정보 수집밖에 없게 되고 이로 인해 아이가 얻게 되는 수치심은 관계에 악영향을 미치게 될 뿐이다.

아이의 입장이 결여된 부모의 양육은 가축을 다루는 사육이나 다름없으며, 결코 올바른 관계 존중이 아니다. 당연히 이러한 관계 존중은 가족뿐만 아니라 모든 관계에 필요한 것이다. 만약 자신이 상대를 잘 모른다고 판단되면 잘 모르는 사이가 맞는 것이고, 관계가 더 좋아지기를 원한다면 시간이 더 필요한 것이다. 상대가 잘되길 바란다며 혹은 안전이 걱정된다며 정보를 과하게 원하는 욕구는 관심이 아니라 결국 상대를 컨트롤하고자 하는 과거 왕들의 권력과 같은 것이다.

과거 고려 시대부터 조선 시대까지 있었던 사헌부(司憲府)라는 기관은 관직에 있는 자들의 비리나 부정부패를 감시하는 역할을 했다. 하지만 사헌부라는 작은 기관이 모든 지방의 관하들을 관리할 수 없었기에 조선 시대에 어사(御史)라는 관직을 따로 만들어 지방감찰관 같은 역할을 시키기도 하였는데, 재미있는 사실은 이들 중에는 비밀리에 감찰 활동을 하던 암행어사(暗行御史)도 있었다는 것이다. 『조선왕조실록』에 따르면 암행어사의 공식적인 활동은 성종 10년부터 고종 38년까지 약 400년간 유지되었던 조선 유일 비밀 감찰반 시스템인 셈이다.

이들의 역할은 신분을 숨기고 비밀리에 지방을 돌며 해당 지역 백성의 안위를 확인하고 관리들의 부정부패는 없는지 행태를 파악하는 일이었다. 쉽게 말하자면 보이지 않는 곳까지 정보를 얻기 위한 왕의 원거리 권력 시스템인 셈이다. 물론 이 시스템은 작은 권력의 부패를 막아 더 큰 권력을 견고하게 만들기 위한 안전장치였다.

대한민국 현대사에는 암행어사와 비슷한 기관이 존재했는데 바로 안기부(전 중앙정보부)였다. 하지만 이들은 권력의 부패를 막기 위한 안전장치가 아니라 이미 부패한 권력을 지키기 위한 안전장치 역할을 했고, 불법 민간인 사찰로 얻는 정보를 통해 깨어있는 지식인이나 독재를 거부하는 모든 사람을 속출하여 범법자로 만들어버리는 일들을 서슴지 않았다.

이처럼 안전장치는 때때로 사람을 가두는 자물쇠처럼 일그러진 권력의 형태로 나타난다. 많은 사람이 자신에게 실망하거나 스스로 컨트롤이 안 될 때 큰 분노를 느낀다. 그리고 사람의 뇌는 가까운 사람일수록 나와 동일시하게 여기는 착각을 한다고 한다. 가족, 연인, 친구에게 더 크게 화를 내는 이유이기도 하다.

즉, 관계를 관계 그대로 바라보지 못하고 오히려 가까운 사이일수록 자신과 같다고 착각하며 대상이 자신의 뜻대로 컨트롤이 안 될 때 화를 내게 된다는 것이다. 그 누구도 자신이 만든 틀에 맞게끔 타인을 강제로 끼워 맞출 권리는 없다. 우리는 타인을 존중하라 말하지만, 관계 자체를 인정하고 존중하는 것은 잘 알지 못한다. 상대가 원하지 않는 호의를 베풀고 그 호의가 되돌아오길 바라는 것처럼 어리석은 게 없듯이, 상대가 알리고 싶지 않았던 정보를 알아내고 좋은 관계이기를 바라는 것 역시 어리석은 생각이다. 모두가 다르다는 사실을 자연스럽게 생각하는 것처럼 모든 관계에는 자연스럽게 알아가는 시간이 필요하다.

PART 3

나 그리고
세　　상

유인원에서부터 진화해 온 인간은 직립보행을 위해서 균형이라는 것
에 오랜 시간을 투자할 수밖에 없었다. 어느 한쪽으로 기울어져 쓰러지
지 않게 말이다.

대체 어떻게 균형을 잡는 것일까? 아마 튼튼한 척추 혹은 다리 근육이
먼저 떠오를 것이다. 몸의 중심이 되고 걸을 때 발생하는 충격으로부터
신체를 효율적으로 보호하기 위해서는 튼튼한 척추와 다리 근육이 필수
적이다. 그리고 두 개의 눈도 균형을 잡는 데 많은 도움을 준다. 기본적
으로 두 눈은 초점을 잡아 원근감을 느낄 수 있도록 설계되어 있으며, 눈
이 움직일 때 변화하는 시각 정보를 뇌로 전달하고 뇌에서는 내 몸의 위
칫값을 예측하며 균형을 잡도록 도와주는데, 이 예측이 빗나갔을 때 어
지러움을 느끼는 것이다.

우리는 가끔 엘리베이터에서 시각 정보는 멈춰있는데 몸이 위로 올라

가는 느낌을 받거나, 눈동자를 빠른 속도로 움직이면 어지러움을 느낀다. 그 밖에 귓속에도 균형을 위한 중요한 기관들이 존재한다. 귓구멍 속 고막을 지나 달팽이관에 붙어있는 전정기관이라는 곳은 머리의 움직임을 감지하여 균형을 잡아주는 기관이다. 눈을 감은 상태에서도 자동차가 출발할 때 혹은 감속할 때처럼 수직적 운동을 감지할 수 있는 이유는 전정기관 속 불과 2~3mm밖에 안 되는 난형낭과 구형낭이라는 두 개의 주머니 덕분이다.

그리고 코끼리 코 10바퀴를 돌고 일어섰을 때 한쪽으로 기울어지는 이유는 회전운동을 감지하는 세반고리관 때문인데, 회전하던 몸은 멈춰도 세반고리관 속 림프액은 여전히 한쪽으로 쏠려있기 때문에 몸이 멈춰 있어도 계속 회전하는 듯한 느낌을 받는 것이다. 겨우 0.3~0.5mm 굵기의 세반고리관 속 액체의 쏠림 현상 때문에 몸 전체가 휘청거리다니 놀라운 일이다. 이와 같이 균형은 작은 문제에도 무너질 수 있다. 중요하게 생각했던 튼튼한 척추나 다리 근육을 가지고 있어도 말이다.

사회도 역시 다를 바가 없다. 소수의 문제를 별것 아니게 여기면 언젠가 불균형의 형태로 이어지기 마련이다. 인류는 유례없이 고도화된 문명사회 속에 살고 있지만 인종차별과 성차별 같은 문제는 여전히 지속되고 있다.

인종차별은 과거 고귀했던 기득권자들의 저급한 방식의 사회제도에서 시작되었고 그로 인해 탄생한 노예무역이나 강제노역은 커다란 흉터가 되어 역사에 남았다. 내면에 깊게 뿌리박힌 인종차별은 세계적으로 노예가 해방된 후에도 오랫동안 사라지지 않고 암묵적으로 자행되어 왔으며, 최근 인간이 만든 인공지능에도 영향을 미쳐 이슈된 바가 있다.

최근에는 팬데믹 관련하여 아시아인에 대한 극단적 혐오가 생겨났으며 'Stop Asian Hate'라는 운동이 일어나게 되는 계기를 만들기도 하였다.

성차별의 경우는 사실 시기는 정확히 알 수 없지만, 초기 인류문명부터 존재했을 것으로 보인다. 시대를 들여다보면 자연이라는 거친 환경 속에서 살던 초기 인류는 생존 시 가장 중요했던 사냥 능력이나 힘을 써야 하는 노동력 면에서 비교적 여성이 남성보다 부족했기에 어쩌면 그때는 당연했을지도 모른다.

그러나 많은 시간이 지나도 성차별적 사상은 변하지 않았는데 그리스의 천재 학자로 불리는 아리스토텔레스는 "여성은 불완전한 존재다."라고 말했고, 프랑스 황제 나폴레옹은 "여성은 정치에 침묵하라." 했으며, 독일 위대한 철학자 니체는 "여성은 매력을 상실하는 것에 비례해 증오를 배운다."며 역사 속 위인들조차 여성을 남성보다 열등한 존재로 여겼다. 물론 지금도 중동에서는 여전히 종교적 문제와 여성 인권 문제로 충돌하고 있으며 많은 사람의 투쟁과 희생이 지속되고 있다.

그 밖에 레즈비언, 게이, 트랜스젠더 같은 성소수자들은 여전히 종교에서는 악으로 보며 일부 사회적 집단에서도 부정적으로 보는 경향이 있다. 이미 세상에 존재하는데 부정만 한다고 하여 해결될 것은 없다. 자연에서는 압력이 오랫동안 쌓이면 폭발이 있기 마련이다. 사람도 사회도 마찬가지이며 말 그대로 자연스러운 현상이다. 인종차별, 성차별은 먼 과거부터 오랜 시간 압력이 가해져 왔고 결국 흑인 인권 운동과 여성 인권 운동이라는 사회적 폭발을 일으켰으며, 그로 인해 날아오른 일부 치명적 잔해물들은 LA 폭동, 남성 혐오라는 극단적인 혼란을 불러왔다.

그런 혼란을 겪고 난 후에야 어느 정도 시간이 지나 허공을 부유하던 치명적인 잔해물이 가라앉기 시작하면서 아주 조금씩 융화되어 가는 중이다.

인류는 언제나 이해되지 않는 것을 이해하려 노력하고 포용하며 균형을 이뤄왔다. 여기에는 성별, 인종뿐 아니라 과학, 종교 혹은 이념이나 이데올로기도 포함된다.

문제는 그 이해하는 과정이다. 이해하지 못하는 것에 대하여 인간은 마치 이성적인 것처럼 선과 악으로 구분 짓고 비이성적인 처벌 방법을 제시한다. 과연 선과 악은 무엇인가? 정말 모두 신이 창조한 것일까?

"신이 악을 막지 않는 것이라면 선하지 않은 것이고, 악을 막을 수 없는 것이라면 전지전능하지 않은 것이다. 그렇다면 선하지도 전지전능하지도 않은 신을 왜 신이라고 불러야 하는가?"

고대 그리스 철학자 에피쿠로스는 신이라는 존재에 대하여 의문을 제기했지만 이 질문에는 오류가 있다. 신이 반드시 선해야 할 이유는 없으며 전지전능하거나 영원불멸할 이유도 없다. 니체의 말처럼 이미 신은 죽었을지도 모르는 것이다. 아무도 신을 만난 적 없는 인간은 단지 신이라는 존재를 추측하며 원하고 숭배할 뿐이다. 만약 모든 종교에서 말하는 '권선징악'을 모두가 믿는다면 세상은 너무 평화롭다 못해 지루하게 느껴질지도 모른다.

하지만 다행인지 불행인지 불신하는 자들의 수는 생각보다 많은 것 같고 오히려 그런 자들에 의해 세상이 돌아가는 모습들을 볼 때면 이질감마저 들게 한다.

자연 속에서 살던 초기 인류는 도무지 이해할 수 없는 자연재해 혹은 역병과 같은 끔찍한 사건이 일어나면 자신들의 죄악 때문에 일어나는 절대적 존재의 처벌과도 같은 것이라 생각했고 그 절대적 존재의 화를 잠재우기 위해 제물을 바치거나 기도하거나 나름의 의식을 치르며 자신들의 죄를 씻어냈다. 그 절대적 존재의 뜻을 잘 따르면 선이 되어 평화를 얻고 거스르는 것은 악이 되어 고통을 받는다고 믿었던 것이다. 우리는 이것을 신앙심이라고 부른다.

신앙심은 세상 만물을 관장하는 절대적인 존재, 즉 신을 믿는 마음이다. 이처럼 신앙심이라는 마음은 아주 오랜 시간이 지난 지금도 모든 인간의 내면 깊이 자리를 잡고 있다. 종파에 따라 너무나 많은 오류도 존재하고 증명할 수 없는 신비한 이야기로 가득한 종교는 여태껏 수많은 무신론자가 과학적 증거를 앞세워 비판했지만 결코 사라지지 않았다. 아마도 종교란 이미 인간에게 있어서 하나의 사회적 시스템이기 때문일 것이다.

적어도 예배를 할 때만큼은 경제력이나 권력 심지어 신앙심의 크기도 상관없이 하나로 모이게 하는 기능을 가진 유일한 사회적 집단인 것이다. 재밌는 사실은 많은 사람이 과학적으로 증명하지 못하는 신을 부정하지만 자신이 절실하게 원하는 일을 위해선 마음속으로 간절하게 기도를 한다는 점이다. 이미 인간에게 있어서 종교란 신의 존재 여부를 넘어선 하나의 알고리즘일지도 모른다.

하지만 인간은 종종 과도한 종교적 프레임에 갇혀 일상 속 작은 결함에도 필요악을 찾아내는 성향을 보인다. 때로는 프레임을 벗고 악이 아닌 근본적 원인을, 신이 아닌 시스템을 찾아야 한다. 중세 시대의 '마녀사냥'이라는 말을 들어봤을 것이다. 대부분 종교의 이름으로 행해졌던 이 단순 악의 처단 방법은 세상에 악이라고 믿었던 것들을 결코 해결해주지 못했다.

19세기 중반 청나라는 영국과의 무역수지 문제로 원치도 않았던 아편 무역을 하게 되었고 그로 인해 두 차례의 아편전쟁을 겪은 후 결국 유럽의 열강에게 식민 지배까지 받은 역사가 있다. 그렇게 마약으로 인해 국가가 사라질 뻔했던 중국은 지금까지도 모든 마약 관련 범죄는 엄중하게 다루며 필요에 따라 사형도 서슴지 않기로 유명하다.

하지만 최근 세계적으로 문제가 되는 강력한 마약인 펜타닐의 최대 불법 수출국이 아이러니하게도 중국이다. 마약이라면 치를 떠는 중국이 마약 최대 수출국이라니 어처구니없는 일이다. 이것은 중국 내에 마약 관련 규제 시스템이 제대로 작동하지 않는다고 볼 수밖에 없다. 범죄자를 전부 처형한다고 해서 범죄가 막아지지 않는 것처럼 문명사회란 어떠한 결함이 생기면 원인을 찾고 그 원인이 발생하지 않도록 시스템을 손봐야 하는 것이다. 단순하게 결함을 제거하나 은폐하는 것은 중세 시대로 돌아가는 것과 같다.

유스티티아(Justitia)는 로마신화 속 정의의 여신이다. 그녀를 표현하는 수많은 작품이 있지만 대부분 저울과 칼을 든 채 눈을 감고 있거나 가리고 있다. 아마도 악을 심판하기에 앞서 자신의 주관성을 배제한다는 의미일 것이다. 선악을 결정하는 순간 개인적 취향이 들어간다는 것만큼 끔찍한 것은 없을 것이다. 유스티티아는 그렇게 오늘날의 정의(Justice)의 어원이 되었다.

현재도 온라인 속 신들의 존재를 볼 수 있다. 시답잖은 기사 하나에도 자신의 취향에 따라 선과 악을 결정하고 더 나아가 처벌 방법까지 상세하게 서술한다. 작성된 댓글들을 보면 오히려 이 사회가 악으로 가득 차 있는 것 같다가도 바깥세상을 보면 그렇지 않다. 사람들이 가면을 쓰고 살아가는 것인지 일시적 분노 표출일 뿐인지 혼란스러울 때도 있다. 다만 확실한 것은 그 어떤 인간도 신을 대리할 수 없듯이 악의 처단 또한 인간이 해야 할 일이 아니다.

모든 종교의 공통적 순기능은 세상에 존재하는 다양한 고통으로부터의 자유를 얻는 것으로 생각한다. 만약 악이 없다면 혹은 고통이 없다면 종교는 무슨 의미로 존재하지? 악에 대한 두려움 없이 고통으로부터의 완전한 해방을 이룬다는 것은 구원을 뜻한다. 만약 그것을 이루면 당신의 내면은 이미 신과 크게 다를 바가 없을 것이다. 어쩌면 인류가 종교로 이루고자 하는 것은 결국 신과 자신의 동일시였을지도 모르겠다.

세상에 선만이 존재한다면 그것은 이미 선이 아닐 것이다. 누군가에게 선함이 그 누군가에게는 악함이 될 수도 있는 것처럼 세상에 존재하는 선과 악은 그저 균형일 뿐이다. 교리도 윤리도 법도 불완전한 인간이 만들어 낸 불완전한 규칙이다. 어떻게 받아들이고 어떤 방향으로 개선시킬지 또한 인간의 과제다.

대한민국에서 합법인 음주는 사우디아라비아에 가면 불법이 되고, 사우디아라비아에서 합법인 전자담배는 태국에서 불법이며, 태국에서 합법인 대마는 중국에서 불법이다. 이 밖에도 이슬람교는 종교적 이유로 돼지를 먹는 것이 금기시되어 오로지 이슬람교만의 방식대로 도축되거나 가공(Halal food)된 소는 먹지만 힌두교는 반대로 신성시하는 소를 먹는 것을 금하고 돼지고기는 먹는다. 게다가 모든 살생을 금기시하는 불교는 모든 육류를 먹지 않지만 기독교는 모든 육류를 가리지 않고 먹는다.

이렇듯 모두 각자만의 방식대로 법을 지키거나 윤리 의식을 갖고 살아간다. 내가 생각하는 윤리 의식에 벗어났다고 하여 절대 악하다고 할 수 없으며 누군가 철저한 준법의식에 의해 살아간다고 하여 절대 선하다 말할 수 없듯이 선과 악도 굉장히 개인적인 견해일 뿐이다. 진짜 인간을 위하는 태도라면 인간도 종교도 사회도 선과 악을 뛰어넘어 균형 있게 세상을 바라보는 것이 아닐까?

신은 종교를 가지고 있지 않다.

– 마하트마 간디 (Mahatema Gandhi)

노예의 진화

각자만의 성공의 척도가 있다. 누군가는 오직 경제적 성공을 진짜 성공이라 말하고 누군가는 경제보다 가정이나 자신의 평화를 성공의 척도로 보며 누구에게는 내면의 자아실현적 성공을 진짜 성공이라 말한다. 제각각 형태가 다르겠지만 대부분은 이 세 가지를 전부 이루고 싶어 할 것이다. 하지만 자본주의 사회에서 경제적 안정감을 무시할 수 없다.

가난이 익숙했던 나는 자본주의에 대해 가끔씩 회의적이다. 신분에 상관없이 누구나 자유 경제 시장에 뛰어들어 자신의 능력만큼 자본을 축적할 수 있다는 말은 듣기에 달콤하지만 현실로 경험한 바로는 씁쓸하기만 하다.

자본주의는 경제력이 곧 행복이라는 개념을 낳았고 경제력의 과시가 곧 멋으로 표현되고 있다. 이런 현상은 과거 학교 폭력 기록을 지워주는 로펌의 탄생이나 자신 혹은 타인의 신체를 담보로 하는 보험 사기처럼 본인의 건강이나 존엄성은 제쳐 두고 어떠한 편법, 불법을 이용해서라도 오로지 부의 축적에 목매어 살아가는 사람들을 만들었고, 자본주의의 극심한 양극화는 부자들을 혐오하고 가난을 무시하는 결과를 불러오게 되었다.

이런 시대에 자라는 어린아이들조차 부동산 소유 여부에 따라 편을 가르며, 그중에 아파트 브랜드를 기준으로 계층을 또 나눈다. 가난한 국가유공자로 사느니 부유한 매국노로 사는 게 맞는 것 같은 지금의 자본주의 시스템이 제대로 작동하는 게 맞는 걸까? 너무나 익숙해 그냥 받아들이고 있는 것은 아닐까?

물론 과거 많은 현자가 말해 온 탐욕을 멀리하고 불편함을 감수한 현재의 만족처럼 경제력이 부족해도 행복하게 살 수 있다. 만약 이것이 온전히 가능하다면 적어도 불행함은 느끼지 않을 것이다. 하지만 다양한 계층이 존재하는 일반적인 사회에서 탐욕의 부재와 현재의 만족이란 결코 쉬운 일이 아니다. 사회에서 다양한 부류와 살아가다 보면 타인과 자신을 비교하게 되고 자연스레 탐욕은 확장되기 마련이며 그 과정에서 패배감을 느끼기도 한다. 이것이 비슷한 부류의 사람들끼리 어울리는 이유이기도 하다.

재미있는 건 이 비슷한 부류의 사람들 사이에서도 계층이 존재한다는 것이다. 막대한 자본가나 권력자들은 오랜 시간 노예라는 시스템을 이어 왔다. 심지어 임진왜란 전쟁 당시 일본에 끌려간 조선인 포로들이 포르투갈 상인들에 의해 유럽으로 팔려 간 기록이 있듯이, 현재 유럽의 강대국들은 과거 약소국들을 식민지화시키며 활발한 노예 산업으로 부를 축적했다. 지금의 영연방 왕국은 영국을 비롯해 캐나다, 호주, 뉴질랜드, 바하마 자메이카 등 오세아니아와 아메리카 대륙에 있는 15개의 자치 국가로 이루어져 있다. 지금이야 영연방 국가로 마치 사이좋은 연합국처럼 포장이 아주 잘되어 있지만, 과거 해가 지지 않는 나라 대영제국으로 불리던 영국은 지구 영토 4분의 1을 차지하였으며 약 50개가 넘는 식민지에서 노예 산업으로 어마어마한 부를 축적하였다.

그러나 대영제국을 위해 제1차 세계대전 중 커다란 희생을 치른 식민지에 외교권과 군사권을 위임함으로써 각 국가의 자치권을 인정해 주고 1931년 12월 웨스트민스터 헌장으로 인해 기존의 식민 국가들이 동등한 위치의 국가임을 정식 법률로 지정하게 되면서 현재의 영연방 왕국이 탄생하게 된 것이다.

자유주의 최전방에 있는 미국은 1863년 에이브러햄 링컨(Abraham Lincoln)의 의해서 노예해방이 선포됐지만 당시 다수의 흑인 노예를 보유하던 남부 지역의 농장주들은 인정하지 않았고 이들의 거센 반발은 결국 남북전쟁까지 일으키게 된다.

전쟁은 2년간 지속되었고 비교적 산업화가 되어 많은 흑인 노예를 노동자로 받아들였던 북부의 승리로 끝이 났다. 그렇게 1865년, 드디어 미국의 노예 제도가 정식으로 폐지되었지만 공공시설에서 흑인과 백인을 분리하는 정책이었던 짐 크로법은 1965년이 되어서야 폐지되었다. 이마저도 1791년 투생 루베르튀르(Toussaint L'ouverture)에 의해 생도맹그(아이티)의 혁명■이 성공하지 못했다면 미국의 노예해방은 더 늦

■ 아이티는 미국과 인접한 카리브해의 섬으로 당시 프랑스의 노예 식민지였다.

어졌을지도 모른다.

그렇다면 현대에는 더 이상 노예가 존재하지 않는 걸까? 우리는 노동에 '신성함'이라는 것을 부여하고 자신은 신성한 노동자라며 스스로 노예를 자처하는 것에 대해 위안 삼는다. 그렇지 않으면 평생 남을 위해 일만 하며 살아가는 삶을 지탱할 수 없기 때문이지 않을까 싶다. 현대 노동자와 과거 노예들의 삶을 비교하는 것이 불편하게 느껴질 수도 있지만 사실 소수의 자본가를 위해 대다수의 사람이 노동력과 적지 않은 시간을 쏟는다는 점에서는 노예와 다른 게 없다.

인간은 누구나 이용당하는 것을 원치 않는다. 타인의 목적을 위해 자신이 소모 당하는 것을 견디기 힘들어한다는 것이다. 그렇기에 노동에서 자신만의 의미를 찾으려고 한다. 그러나 자신이 하는 노동에 자아실현적 가치관이 존재하지 않는다면 그 어떤 의미를 갖다 붙여도 결국 자본주의의 노예일 뿐이다.

과거 노예는 재산으로 취급되었으며 고용주에게 귀속되어 자유가 없었다. 때에 따라 폭력도 사용하며 길들여졌지만 그들에게는 주어진 일만 훌륭하게 해내면 먹고사는 것만큼은 걱정이 없는 노예들도 존재했다. 일을 잘하고 신체조건이 좋은 노예는 꽤 비싼 금액에 거래되었을뿐더러 쉽게 구할 수 없었기 때문이다.

그래서 그들은 좋은 주인에게 팔리기 위해 자신의 신체 능력을 과시하며 어필하기도 했다. '자신의 능력을 어필하고 고용되어 먹고 살아간다'라, 아직도 현대의 노동자들과 다르다고 생각하나?

대부분의 노동자는 가족이나 자신을 위해 열심히 일한다고 생각하지만, 경제적 관점으로는 사실 가족의 이득이나 자신의 이득보다 당신을 고용한 자본가의 이득이 비교도 할 수 없을 만큼 크다는 걸 조금만 생각하면 쉽게 알 수 있다.

그렇다면 현대의 노동자들은 폭력 없는 쾌적한 환경에서 노동을 하고 있을까? 자본가들의 폭력은 진화해 왔을 뿐 사라지지 않았다. 그것도 인권이 중시되는 현대에 맞게끔 아주 치밀하게 말이다. 지금은 과거의 노예처럼 채찍으로 때리거나 사슬로 묶어 두지 않지만, 과도한 노동을 할수밖에 없게 만드는 시스템으로 노동자들은 스스로 시간이라는 사슬에 묶인 채 채찍질을 한다.

도급이라는 시스템을 악용하여 책임회피 등으로 노동자의 권리에 대한 혼란을 불러오기도 하며 더 나아가 이유를 알 수 없는 부당해고를 겪기도 한다. 많은 시간과 노동력을 쏟아부은 노동자들이 마치 부품처럼 사용되어 왔으며 이런 진화된 폭력은 업무의 책임감, 노동시장의 유연화, 권고사직 같은 자본가의 언어로 순화하여 사용되어 왔다.

많은 노동자는 오히려 시간이 지날수록 망가져 가는 신체를 탓하고 스스로를 질책하며 임금의 노예 신분을 벗어나지 못한 채 살아가고, 이마저도 이들을 보호해 주는 시스템이 제대로 작동하지 않을 시 임금의 노예라는 신분조차 잃기 십상이다.

6·25 전쟁이 끝난 후 대한민국은 하얀 캔버스 그 자체였다. 아무것도 없는 곳에 선진국의 자본과 기술을 가져와 색칠하기 시작했다. 꽤나 폭력적이었던 과거의 대한민국은 노동자들에게 12~15시간의 노동을 시키며 온 세상을 얼룩덜룩한 색으로 꽉꽉 채웠고, 그렇게 30~40년이라

는 시간 만에 급하게 대한민국이라는 그림을 완성해 놓았다. 과거 기성 세대들로부터 물려받은 그림에 덧칠하고 수정하며 어떻게든 살려내는 작업을 하는 게 지금 세대의 몫이다.

물론 대한민국의 빠른 경제성장은 이미 세계적으로도 유명하다. 그러나 70~90년대 평균 8~9%에 육박하던 경제성장률은 2000년 이후부터 지금까지 평균 3% 남짓한 수치를 겨우 유지하고 있다. 무엇보다 국가 부도로 알려진 1997년 12월 외환위기는 많은 수의 크고 작은 기업과 은행을 도산시켰으며 1년도 채 되지 않아 200만 명이 넘는 노동자가 정리해고를 당했다. 그들 중 갑작스럽게 찾아온 삶의 불균형이나 떨어진 자존감을 견디지 못해 약 9천 명에 가까운 사람이 자살이라는 극단적 결과로 끝을 맺었다.

그리고 그 개개인의 끝맺음은 사회에 새로운 문제의 시작을 알리는 계기가 되었는데, 1998년부터 2000년까지 약 2만 명이 넘는 사람이 자살이라는 극단적 선택을 하였고 이는 하루에 18명이 넘는 사람이 스스로 목숨을 끊었다는 것을 의미한다. 일자리를 잃었다는 사실에 이렇게 많은 이들이 자살을 택하는 건 정말 안타까운 현실이다. 이런 현상에는 사회가 만든 노동에 대한 프레임이 적지 않다고 생각한다.

무한경쟁을 부추기고 노동력을 갈아 넣어 만든 초고속 경제성장은 노동자들의 심리적 안정을 위한 사회 복지 시스템을 다질 시간도 주지 않았고, 그런 국가가 노동자에게 해줄 수 있는 거라곤 국가 발전에 앞장서서 이바지한 위대한 노동자라는 프레임밖에 없었다.

실제로 70~90년대는 사회적으로 개인의 행복보다 국가 발전을 우선
시하는 분위기가 팽배했던 시기다.∎ 하지만 외환위기는 그토록 충성했
던 국가의 침몰과 동시에 자아의 침몰을 경험하게 만들었고 마치 철근
이 부족한 콘크리트 기둥처럼 한순간에 무너진 자존감은 이들을 극단적
선택으로 내몰았다. 이처럼 무조건 '열심히'를 강조하는 무한 경쟁 시대
의 부작용을 분명 경험했지만 그런 사회적 분위기가 여전히 남아 있는
대한민국은 OECD 가입국 중 하위권의 행복지수와 가장 높은 자살률을
기록하고 있다.

　오래전부터 인간은 신분 상승을 위해 학업에 많은 시간과 커다란 비용
을 투자했고 시간이 지나면 자신이 투자한 만큼 어느 정도의 위치가 보
장될 가능성이 높았다. 과거 많은 사람이 힘든 가정형편에도 굳이 유학
을 가고 대화도 통하지 않는 환경에서 인종차별을 견뎌 가며 학업을 이
어간 이유다.

　그러나 현대사회는 학업의 투자가 하이 리스크가 될 확률을 무시할 수
없다. 과거에 비하여 월등히 높아진 평균 교육 수준은 남들보다 특별한
재능이나 행운이 따르지 않는다면 고스펙 고학력이라 한들 그저 누군가
의 목적을 위한 소모품으로 살아갈 뿐이다. 물가는 폭발적으로 치솟았
으며 일자리는 점점 사라지는 게 보이고 있다. 이와 같은 경제적, 시간적
부담은 사회로 나가야 할 다음 세대를 점점 더 초조하게 만든다.

　건강한 노동을 위해서는 무엇보다 노동으로부터 무엇을 얻으려 하는

∎ 70~90년대 새마을 운동은 국가 근대화를 위한 정책이자 동시에 범국민적 민간 중심 활동이기
도 했다.

지 본인 스스로 잘 알아야 한다. 물론 누구에게나 돈을 버는 것은 즐거운 일이다. 하지만 언제나 돈을 목적으로 하는 행위에는 효율성을 추구하고 효율성은 '적당히'라는 말과 타협하기 쉽다. 하지만 자신의 존엄성이나 신념과 직결되는 목적이 있다면 그 일을 사랑하게 될 가능성이 크다. 이를테면 자신의 생각이나 능력으로 세상에 영향을 미치겠다는 창조적인 신념들 말이다. 너무 거창한가? 그렇다면 몇몇 사람들에게 혹은 직장에 영향을 미치겠다는 태도는 어떤가? 물론 이것 또한 쉬운 일은 아니겠지만 중요한 것은 그런 태도를 갖고 임한다는 자체이다. 자신이 가진 신념과 부합되며 영향력을 미치겠다는 태도로 노동하는 사람이라면 그는 이미 행복한 사람이다.

그러기 위해선 가능한 한 많은 경험을 하고 솔직한 자신과의 대면이 필요하다. 그렇지 않으면 당신이 쏟아부은 그 신성한 노동력 중 대부분은 이미 많은 부를 축적한 이에게 손 안 쓰고 더 많은 부를 축적하게 해 준다는 걸 잊어서는 안 되며, 노동 자체가 삶의 이유나 목적이 되어 마치 스스로 위로하는 것처럼 가장하여 묶이지 않도록 조심해야 한다.

처음부터 노동에 신성함이란 없었다. 노동은 그저 인생의 한 파트에 불과하며 노동의 찬양은 노동자들이 만든 것이 아니라 노동자를 부리는 자본가들이나 왕으로부터 탄생한 환상일 뿐이다. 노동이 정말 신성했다면 이 세상에는 복권 같은 시스템은 존재하지도 않았을 것이며 인간이 노동을 열심히 하는 궁극적 이유는 결국 노동을 벗어나 하고 싶은 것들을 하기 위함이다.

노동은 가장 좋은 것이기도 하고 가장 나쁜 것이기도 하다.
자유로운 노동이라면 최선의 것이고
노예적인 노동이라면 최악의 것이다.

- 알랭 드 보통 (Alain de Botton)

성 공 적 인
노 예 산 업

　노동을 별로 좋아하지 않는 인간은 새로운 노예 개발에 힘쓰고 있다. 기술의 발전으로 기계의 노동 능률은 점점 향상되어 가고, 그로 인해 인간이 서 있을 자리는 점점 줄어드는 것은 기정사실이며 점점 인간의 노동 가치는 하락하는 시대이다.

　이미 키오스크는 프랜차이즈 매장을 지배하고 있으며 스마트폰의 영향으로 은행 업무는 더 이상 은행을 찾아가지 않게 만들었고 자동 응답은 텔레마케터들의 노동 시장을 사라지게 만들었다. 더 이상 단순 생산직만의 문제가 아닌 서비스의 영역까지 기계가 잠식해 가고 있는 것이다.

　옥스퍼드 대학의 '고용의 미래' 연구에 의하면 향후 20년 이내로 화물, 창고 관련 종사자, 캐셔, 보험 판매원, 주차 요원 같은 서비스직이 70~99% 확률로 사라질 것이라 예상했으며, 그중에는 회계사, 스포츠 심판, 이발사, 요리사, 핵 기술자, 건설업계 종사자, 변호사 등 여러 전문

직 역시 포함되어 있다.

이미 미국에선 리걸테크(Legal-Tech)라는 인공지능 법률서비스가 2010년부터 시작되었으며, 세계 시장 조사 업체인 스태티스타(Statista)의 자료에 의하면 2021년 기준 리걸테크의 시장 규모는 276억 달러를 넘어섰고 2027년에는 356억 달러 규모를 형성할 것으로 전망하고 있다.

대한민국 역시 이러한 변화를 무시할 수 없었다. 2019년 한국인공지능법학회와 사법정책연구원의 주최로 인공지능과 변호사의 아시아 최초 법률 대회인 '알파로 경진대회(AlphaLow Competition)'를 개최한 바가 있다. 방식은 짝을 이룬 변호사 9팀, 인공지능과 변호사 2팀, 인공지능과 일반인 1팀을 이뤄 주최 측에서 준비한 세 종류의 근로계약서를 보고 오류나 위법 요소 등을 보고서 형태로 작성하여 심사위원에게 제출하는 방식으로 진행되었다.

대회에서 사용된 인공지능 프로그램은 국내 스타트업 인텔리콘메타연구소가 개발한 법률 독해 프로그램 'C.I.A(Contract Intelligent Analyzer)'로 진행되었다. 경기가 시작되자 변호사의 근로계약서 검토 소요 시간은 30분 정도인 반면 인공지능은 5~10초 만에 위법 요소와 누락 항목을 찾아냈으며 그 결과 총 12개 팀중 1~3위 모두 인공지능이 속한 팀이 가져갔다. 인상적인 부분은 법률에 대해 지식이 깊지 않은 일반인이 포함된 팀이 변호사로만 구성된 팀을 이겼다는 것이다. 이는 앞으로 대중에게 인공지능으로 하여금 법에 대하여 쉽고 빠르게 접근할 수 있는 가능성을 시사하였다.

이뿐만 아니라 의학계도 마찬가지다. 2020년에 개발한 닥터앤서(Dr. Answer)는 과학기술정보통신부와 정보통신산업진흥원이 총 488억 원을 투자하여 순수 대한민국 기술로 만든 인공지능 의료용 소프트웨어다. 닥터앤서의 주된 업무는 진단과 치료 보조이다. 닥터앤서의 사업성과 보고를 보면 기존 소아 난청의 경우 진단에만 5년 정도가 걸리고 진단 정확도는 60% 정도였다면, 닥터앤서를 이용하면 진단 기간은 1.5개월로 줄고 정확도는 90%까지 개선될 것으로 보고 있으며, 치매는 과거 최대 6시간이 걸렸던 진단 시간이 1분으로 단축되었으며 수십 분 이상 소요되던 심장 CT 판독 시간도 1~2분으로 줄었다.

특히 암 진단의 경우 대장암은 평균 74~81%의 대장용종 판독 정확도를 92%로 향상시키는가 하면 전립선암은 수술 후 재발 예측 진단의 정확도를 81%에서 95%로 향상시키며 뛰어난 정확도를 보였다.

닥터앤서의 진단 능력은 의료진이 일일이 판독하던 일을 자동 진단하게 되면서 그만큼 정확도와 효율성이 올라가게 되었다. 이에 더불어 2024년을 목표로 닥터앤서 2.0 모델의 개발을 계획 중이다.

이런 사례는 이제 겨우 시작에 불과하다. 10~20년 후 앞으로 다가올 미래에는 단순 직업 자체가 사라질 뿐 아니라 자신이 평생 공부해 온 전문 분야 자체가 인간의 영역을 벗어나는 분야로 바뀌는 경험을 하게 될지도 모른다. 특정 분야 자체에 인간의 영향이 필요가 없어진다는 것은 노동시장에 큰 영향을 미치게 될 것이다.

마지막까지 인간의 영역이라고 믿고 싶었던 예술 분야 역시 인공지능의 영향이 크게 작용하기 시작했다. 인공지능으로 음악을 만드는 시도는 정말 오래 되었다. 2010년 미국 산타크루즈 캘리포니아대의 데이비드 코프(David Cope) 교수가 딥러닝 기술을 적용해 개발한 인공지능 작곡가 '에밀리 하웰(Emily Howell)'이 모차르트, 베토벤 풍의 디지털 싱글을 발표한 게 시초라고 볼 수 있다.

그 이후 2016년 소니의 인공지능 작곡 프로그램 '플로우머신'이 비틀스, 듀크 엘링턴 등 기존 가수의 스타일을 표방한 곡들을 선보이는가 하면, 룩셈부르크 스타트업 기업인 에이바 테크놀로지에서 개발한 '에이바(Aiva)'는 'Sony Pictures Studio'와 협업하여 오케스트라와 녹음을 하며 영화, 게임, 광고 및 엔터테인먼트 콘텐츠의 사운드트랙을 구성하는 등 작곡가로서의 활동을 활발하게 하고 있다.

네덜란드를 대표하는 화가 렘브란트 반 레인(Rembrandt van Rijn)은 빛의 효과를 가장 잘 이용한 바로크 미술의 거장이다. 그가 남긴 작품은 경매에서만 수십억에서 수백억까지 거래가 되고는 한다. 하지만 그런 그의 작품이 현대에 똑같이 그려지고 있다면 어떨까? 2016년 네덜란드의 광고회사 제이월터톰슨(J. Walter Thompson)이 기획하고 글로벌 금융 기업 ING은행, 마이크로소프트, 렘브란트 미술관의 협업으로 〈넥스트 렘브란트(The Next Rembrandt)〉 프로젝트를 진행했다.

렘브란트 작품 346점을 3D로 스캔하여 16만 8,263개의 조각으로 쪼개어 분석한 후 렘브란트 화풍의 특징을 그대로 살려내는 데 성공했다. 이는 인공지능이 작품의 모방을 넘어 작가의 특징까지 그대로 구현하여 모방이 가능하다는 것을 증명하는 프로젝트였다. 그 밖에도 최근 2022년 8월 '콜로라도 주립 박람회 미술대회(Colorado State Fair's fine art competition)'에서는 미국의 게임 기획자인 제이슨 앨런(Jason Allen)이 제출한 「스페이스 오페라 극장(Théâtre D'opéra Spatial)」이 1등을 차지하였는데, 이는 텍스트를 이미지화시켜 주는 미드저니(Midjourney)라는 소프트웨어를 사용해서 만든 작품이다.

앨런은 미드저니로부터 얻은 3점의 작품을 대회에 제출했고 이 중 하나가 1등을 한 것이다. 하지만 놀라운 사실은 앞서 말한 〈넥스트 렘브란트〉와는 달리 미드저니는 특수한 목적으로 개발된 프로그램이 아닌 누구나 사용이 가능한 인공지능 소프트웨어란 사실이다. 이 말은 누구나 미드저니를 사용하여 스페이스 오페라 극장 같은 그림을 만들어 낼 수 있다는 뜻이다. 이제, 더 이상 인공지능의 예술성을 인정하지 않는 태도는 소심하고 무지한 러다이트 운동과도 같다.

렘브란트 하르먼손 판 레인 「야경(De Nachtwacht)」

암스테르담 국립미술관(Rijksmuseum Amsterdam)이 소장한 렘브란트의 「야경」은 18명의 민병대의 출전 모습을 자연스럽게 그려낸 단체 초상화이다.

당시 초상화의 의미는 권력이나 지위가 높은 신분의 사람들이 역사에 자신을 남기기 위한 그림이었다. 따라서 사실감보다는 또렷하고 근엄하며 권위적으로 그리는 게 보통이었다. 요즘 같은 경우에도 기념비적인 단체 사진을 찍을 때 동일한 빛의 밝기로 어느 한 사람도 얼굴에 그림자가 지지 않도록 일정한 간격으로 줄을 세워 찍는 게 보통이다. 당시 초상화 역시 마찬가지로 단체 초상화는 보통 줄을 세워 그리거나 혹시나 명암 차이가 있더라도 얼굴이 잘 드러날 수 있도록 최대한 동일한 밝기로 그리고는 하였다.

그러나 렘브란트는 민병대 18명 모두 빛이 닿는 대로 표현했으며 결과적으로 누구는 어둡고 흐리며 누구는 또렷하고 밝게 그려냈다. 이는 당시 초상화의 방향을 거스르는 방식이었으며 무엇보다 18명 모두에게 초상화 대금을 받아 형평성 문제로 시달렸다고 한다. 당시 렘브란트는 초상화로 나름 유명한 화가로 인정받고 있었지만, 이 작품으로 인해 그동안 쌓아왔던 모든 커리어를 잃게 되었고 그가 죽을 때까지 불명예스러운 작품으로 평가받았다고 한다. 하지만 지금의 「야경」은 세계가 인정하는 바로크 미술의 대표작으로 손꼽힌다.

모든 창작은 모방으로부터 시작된다. 모방은 수집된 정보로부터 시작되며 정보 수집은 인공지능에게 있어 특화된 전문 분야다. 처음은 그저 〈넥스트 렘브란트〉처럼 기존의 정보 수집에 의한 모방이 되겠지만 거기에 레오나르도 다 빈치, 빈센트 반 고흐, 파블로 피카소의 모든 정보를 넣으면 어떻게 될까? 그 순간부터는 창작인지 모방인지 구분이 가능한 사람은 없을 것이다. 그럼 더 나아가 수많은 조각상, 설치 미술, 자연 현상까지 넣는다면? 아마도 나의 뇌로는 상상할 수 없는 '브리콜라주'가 탄생할 것만 같다.

애초에 인공지능을 인간의 경쟁상대로 이해하는 것은 굉장히 위험하다. 인간이 만들어 놓은 세상을 통해 빠르게 학습하는 인공지능은 자신들을 경쟁상대로 인식한다는 사실 또한 빠르게 학습할 수 있기 때문이다. 차라리 인공지능과 인간의 경계를 미리 구분하고 서로 다른 종족으로서 인정하고 협력하는 관계로 발전하는 방향이 나을지도 모른다.

아직도 많은 사람이 인공지능을 저평가하는 이유에서는 인간의 존엄성을 지키고 싶어 하는 이유도 있겠지만, 아마도 인공지능이 인간에 의해 탄생한 아이처럼 느끼기 때문이 아닐까? 물론 아직까지는 그럴지도 모른다. 하지만 앞으로 인간의 모든 지식을 먹고 자란 그 아이가 인류에게 어떤 영향을 끼칠지 아무도 알 수 없다. 우리 인간들은 아직 훌륭한 부모가 아니기 때문이다.

기술의 발달은 항상 예상을 뛰어넘는 최선과 예상하지 못한 최악을 동시에 발현시킨다. 그러나 다가올 미래에는 어쩌면 지금까지 경험한 적 없는 인류 최대 최악을 불러올지도 모른다. 앞으로 인공지능이 세상에 미치게 될 영향에 대해서도 많은 관심과 인프라 구축이 필요하며 무엇보다 인간이 지금 만들어내고 있는 것이 미래의 노예인지, 자식인지, 친구인지 선택이 필요한 시점일지도 모른다.

허 상 을
즐 겨 라

'인간이 살아가는 데 예술이 필요한가?'

예술의 실체나 가치가 세상에 미치는 영향에 대한 연구는 계속되어 왔지만 이처럼 부정적인 질문 역시 계속되어 왔다. 예술의 실질적 가치 판단은 예술로부터 얻는 심리적 변화를 직접 경험하지 않으면 공감하기 힘들뿐더러 사실 그 어떤 예술가가 와도 이 질문에는 시원하게 대답을 못 할지도 모른다. 하지만 나는 오히려 다시 질문하고 싶다.

'좋은 음악을 들어도 화려한 춤을 봐도 살아있는 듯한 그림을 봐도 아무런 감흥을 느끼지 못하는 삶을 과연 즐거운 삶이라 할 수 있을까?'

오랜 시간 많은 사람이 예술의 어두운 면에 대해서 지적해 왔다. 그들 중에는 크게 두 가지 문제점으로 나눌 수 있는데 예술 자체를 부정하며

'허상에 대한 시간적 물질적 낭비'라는 시선이 있으며 예술을 인정은 하지만 타고난 사람만이 입장 가능할 것 같은 '높은 진입장벽' 같은 시선이 있다. 교육 시스템도 한몫하게 되는데 작품이나 연주를 경험 후 자유로운 감상은커녕 그저 빨리 따라 하고 익혀야만 하는 주입식 교육을 받게 되었고, 그로 인해 발생한 자유로운 감상의 부재는 자유로운 표현에 제한을 불러오게 만들었다.

이러한 현상은 마치 예술은 재능이 있는 사람들의 전유물로 비추었을 것이다. 그중 일부 재능 있는 예술가들조차 오랜 기간 한 스승에게 전수받는 도제식 교육을 받게 되었으며 자연스레 교류는 차단되고 다양성은 줄어들게 되면서 예술은 오히려 쇠퇴하는 행보를 보인 적도 있다.

또 다른 문제는 터무니없이 높은 금액으로 거래되는 작품들이다. 물감 묻은 종이 한 장이 몇십억을 호가하는데도 그 와중에 가격 경쟁까지 한다. 이러한 모습에 대중들은 상대적 박탈감을 느끼기에 충분했다. 이토록 시간적 물질적 낭비가 또 어디 있겠는가 싶지만 사실 모든 창작물은 예술가의 손을 떠난 순간부터 온전히 감상자의 몫이 되어버린다. 예술가가 어떤 의도로 창작을 했든 그 의도는 감상하는 대상에 따라 확대되기도, 변질되기도 하는데 이런 지점에서 대중과의 간극이 생기고 이런 현상이 반복될 때마다 더욱 그들만의 문화같이 느껴지도록 만들었을 것이다.

하지만 작품에는 죄가 없다. 안타깝지만 자본주의 시스템으로 돌아가는 사회에는 언제 어디서든 그들만의 문화가 존재하고 그때마다 재력가들의 '핸디캡 이론' 같은 과시적 현상은 늘 발생하기 마련이다.

많은 사람은 예술 활동이 상상력을 길러준다고 말한다. 하지만 구체적으로 예술의 어떤 지점이 영향을 주는 걸까?

대체로 상상력은 자신이 알고 있는 정보나 경험 사이 공백이 생겼을 때, 그 공백을 채우는 목적으로 사용되곤 하는데 그 경험이 특별할수록 상상력은 쉽게 발휘된다.

당신이 지하철을 타러 갔는데 사자 한 마리가 앉아 있다고 가정해 보자. 화려한 갈퀴와 날카로운 발톱, 그리고 매서운 눈매라는 정보는 사자임을 확인시켜 주고 그동안 지하철을 이용해 온 경험을 바탕으로 지금이 아주 특별한 상황임을 인지하게 된다.

하지만 원래 사자는 사바나 같은 초원에 서식한다. 기존에 알고 있는 정보와는 다르게 초원이라는 공백이 생긴다. 그 공백으로 하여금 왜 초원도 아닌 지하철이라는 공간에서 사자를 만나는 경험을 하게 된 것인지 과정들을 상상하게 되는 것이다. 그리고 당신은 '지하철과 사자' 사이 공백을 다양한 상상으로 쉽게 채울 수 있을 것이다.

그렇다면 이번에 '지하철과 사자'라는 조건을 '공원과 벤치'로 바꿔서 가정해 보자. 당신은 지금 조용한 공원을 걷고 있고 마침 덩그러니 놓인 벤치를 지나고 있다. 그리고 '공원과 벤치'의 공백을 찾아 상상으로 채워보자. 이상하게도 앞선 '지하철과 사자'와는 다르게 '공원과 벤치' 사이 상상이 발현될 공백이 안 느껴질 것이다. 만약 실제로 공원을 지나간다면 대부분의 사람은 그 벤치의 존재조차 인지 못 할 확률이 높다. 결코 벤치의 정보가 없거나 공원을 갔던 경험이 부족해서가 아니라 오히려 너무 익숙해서 전혀 특별하지 않게 느껴지기 때문에 상상의 공백도 느껴지지 않게 되는 것이다.

모든 예술은 표현으로부터 시작된다. 그리고 다양한 표현을 위해서는 관찰이라는 개념이 필연적으로 발생하게 되는데, 수많은 사물이나 현상을 관찰하는 과정에서 일상을 다른 시각으로 바라보게 되는 경험을 하게 되는 것이다. 그리고 평범했던 일상에서 일상적이지 않다는 느낌을 받을 때 인간은 그 순간을 특별하다고 생각한다. 즉, 깊은 관찰은 평범함을 특별함으로 만들고 특별함이 많은 삶일수록 상상으로 채울 수 있는 공백이 넓어지는 것이다. 아이들에게 엉뚱한 상상력이 가득한 이유는 그들의 삶은 늘 특별함으로 가득하기 때문이다.

> **"나는 4년 만에 라파엘로처럼 그릴 수 있었지만,**
> **아이처럼 그리기 위해서는 평생이 걸렸다."**
>
> – 파블로 피카소(Pablo Ruiz Picasso)

관찰의 방식은 크게 두 가지로 외적 관찰과 내적 관찰이 있다.

외적 관찰은 말 그대로 시각이나 촉각 청각 같은 오감을 이용한 직관적 관찰을 의미한다. 동물의 움직임, 파도의 소리와 같이 어떠한 사물의 움직임이나 자연의 속성 등을 관찰할 때 주로 사용된다. 내적 관찰은 외적 관찰과는 달리 깊은 사유에서 오는 관찰을 의미하며 주로 어떤 사물이나 현상들로부터 본질을 파악할 때 사용되는데, 많은 사람은 이러한 능력을 통찰력이라 부르기도 한다.

통찰력이란 쉽게 말해 '과함 속에서 불필요함은 걸러내고 의미가 있는 것들만 찾아내는 능력' 정도로 생각할 수 있겠다. 파블로 피카소(Pablo Picasso)는 통찰력을 잘 활용한 대표적인 예술가 중 하나다. 오로지 신을 표현하기 위해 존재하는 것 같았던 중세의 미술은 14세기 르네상스를 시작으로 인간 중심적 표현으로 바뀐다.■ 원근법이나 명암 대비, 인간의 감정 투영 등을 따라 여러 가지 방법으로 인간 세상을 표현하면서 예술의 꽃을 피우게 되지만, 사실 인간이 눈으로 바라보는 관점을 그대로 캔버스에 옮겨 그리는 것은 변하지 않는다. 즉, 자신이 알고 있는 정보나 경험을 최대한 흡사하게 그려 넣는 방식은 19세기 말까지 약 500년간 변하지 않았다는 말이다.

하지만 피카소는 그런 고전 미술에 피로감을 느끼게 되었고 다각도에서 봐야만 느낄 수 있는 입체적 형상을 전부 캔버스에 평면화함으로써 피카소만의 새롭고 독창적인 방식으로 생동감을 표현했다. 그렇게 피카소는 20세기 현대미술의 새로운 장을 열게 되면서 대표적인 입체파 화가로 불리게 된다. 일반적 그림이 디지털카메라의 관점을 그림으로 옮긴 거라면 피카소의 그림은 3D프린터의 관점을 그림으로 옮긴 셈이다.

하지만 이런 피카소도 처음부터 위대한 예술가는 아니었다. 1901년 이제 갓 20살의 재능있는 젊은 화가였던 피카소는 당시 예술가들의 도시였던 프랑스 파리에서 꿈을 펼치고자 고향인 스페인을 떠난다. 그렇게 파리에 입성한 피카소는 얼마 되지 않아 앙브루아즈 볼라르(Ambroise Vollard)를 만나게 되었는데 그는 주목받지 못한 많은 신인 예술가를 후원하고 알리던, 파리에서 영향력 있는 아트 딜러였다.

그는 프랑스 대표 화가로 알려진 폴 세잔(Paul Cezanne), 오귀스트

■ 1453년 오스만 제국의 콘스탄티노플 함락은 로마 카톨릭의 쇠퇴와 동시에 르네상스 시대를 앞당겼다.

르누아르(Auguste Renoir), 에드가 드가(Edgar De Gas) 등 많은 예술가를 후원했으며 1892년 고흐가 죽고 난 후 회고전을 여는 등 20세기 초 프랑스 미술사에 있어서 아주 중요한 인물이었다.

재능은 있지만 무명이었던 피카소는 전시회를 열기 위해 볼라르를 설득했고 그의 열정을 좋게 본 볼라르는 자신이 가지고 있던 갤러리에서 전시할 기회를 주게 되었다. 피카소에겐 놓칠 수 없는 좋은 기회였기에 파리에 작은 작업실을 빌려 약 3개월간 밤낮없이 전시회를 준비했고 60여 점의 작품을 전시할 수 있었다. 물론 그 당시의 피카소의 작품들은 이미 훌륭하게 잘 그린 그림이었지만 모네의 빛의 변화, 고갱의 채색 표현, 고흐의 과감한 붓 터치 등 기존의 인상파 그림의 모방으로 가득했다고 한다.

이 전시는 2013년 런던의 코톨드 갤러리(The Courtauld Gallery)에서 〈피카소 되기〉라는 이름으로 다시 열리기도 하였다. 이 전시회를 관람했던 예술 저널리스트 윌리엄 에드워드 곰퍼츠(William Edward Gompertz)의 말을 빌리자면 '멋진 신인 화가의 솜씨를 보여주는 전시회가 아닌 아주 재능있는 모사 화가를 소개하는 전시회'라고 말했다.

> "좋은 예술가는 모방을 하고 위대한 예술가는 훔친다."
>
> - 파블로 피카소(Pablo Ruiz Picasso)

피카소도 당시엔 그냥 좋은 예술가였던 것이다. 인생 첫 전시회를 통해 약간의 인지도를 얻기도 하며 나름 성공적이었지만 얼마 지나지 않아 커다란 사건들로 그의 세계관 변화는 시작된다. 바로 친구 카를로스 카

사게마스(Carlos Casagemas)의 죽음이다. 카를로스는 자신의 그림의 모델이자 연인이었던 제르맹(Germaine Gargallo)과의 동반 자살 시도 과정에서 총으로 그녀를 쐈지만, 운 좋게 그녀는 살아남았고 자신의 머리에 총구를 겨눴던 카를로스는 죽게 된다. 고향인 스페인부터 깊은 우정을 나눴던 친구 카를로스의 자살 소식에 피카소는 충격에 빠지게 되었고 그런 심경 변화는 그의 작품에 고스란히 남게 되어 몇 년간 좌절, 고독, 우울감으로 가득한 '청색 시대'를 그리는 시절을 보내게 되었다.

하지만 그런 우울했던 피카소에게도 이내 행복이 찾아오게 되는데 바로 첫사랑 페르낭드 올리비에(Fernande Olivier)를 만난 것이다. 그녀와의 동거 동안 그의 그림은 우울한 파랑 대신 화사한 분홍빛으로 물들며 장밋빛 시대를 그리게 된다. 화사한 꽃으로 가득한 「파이프를 든 소년」을 보면 당시 그의 심경이 어땠는지 잘 드러난다.

짧다면 짧은, 길다면 긴 5년이라는 시간, 커다란 감정적 변화를 경험한 피카소는 자신의 그림에도 변화가 필요하다 생각했고 그 이후 다양한 방면에서 영감을 얻기 시작하였다. 그중 1907년 폴 세잔의 회고전은 그에게 터닝 포인트가 된다.

세잔은 살아생전 양쪽 두 눈으로 보는 세상을 그리고 싶어 했다. 그는 같은 대상을 그릴 때 한쪽 눈을 감고 그리고, 다시 반대쪽 눈을 감고 그리기를 반복하기도 했으며 1899년 세잔의 「사과와 오렌지」는 다각도 시점으로 바라본 정물화였다. 이와 같은 방식이 획기적인 것이 우리는 왼쪽 눈과 오른쪽 눈 중 어느 한쪽 눈을 가리면 시야가 변하는 것을 경험할 수 있다. 그리고 그 두 눈의 시야가 합쳐지면서 광각과 시각이 생기고 그로 인해 우리가 더 입체적이며 원근감 있게 느끼도록 만든다는 것은 누구나 알고 있는 사실이다. 그러나 두 눈의 미묘한 다름을 한 장의 캔버스에 표현하고자 했던 접근 방식은 어찌 보면 천재적인 발상이었고 이는 입체파의 첫 시도라고 볼 수 있다.

세잔의 회고전이 열린 같은 해 피카소는 마치 세잔의 방식을 완성이라도 시킨 듯 다각도 시점의 움직임을 그려 넣은 「아비뇽의 처녀들」을 내놓으며 본격적인 입체파의 신호탄을 쏘아 올렸다.

아비뇽은 작은 도시였지만 프랑스 남부 거대 항구 도시였던 마르세유와 몽펠리에 사이에 위치해, 항구로 들어온 많은 외지인이 지나치는 도시이기도 했다. 그래서 마을 곳곳에 매춘부들이 많았는데 바로 그 길거리 매춘부들의 모습을 그린 것으로 알려진 작품이다.

한편으로는 고대 동굴 벽화를 보는 것 같은 느낌을 주기도 하는 이 작품은 기존에 있던 원근법 모사 방식을 무시하고 백인 우월주의 시대에 아프리카 전통 가면을 모티브로 하는 등 새로운 화풍의 시도뿐 아니라 반시대적 시도마저 느껴지는 작품이다.

그렇게 모방을 하던 '좋은 예술가'는 세잔의 방식을 완벽하게 훔쳤고 자신의 것으로 만들면서 드디어 '위대한 예술가'가 된 것이다.

미술사에 있어 르네상스는 아주 위대한 변혁이었다. 당대에는 마사초(Masaccio), 레오나르도 다 빈치(Leonardo da Vinch), 미켈란젤로 부오나로티(Michelangelo Buonarroti), 라파엘로 산치오(Raffaello

Sanzio) 등 르네상스 시대를 이끌어 간 위대한 화가들이 많지만, 그로부터 500년간 이어져 오던 고전 미술사에 위대한 변혁을 가져온 사람은 바로 파블로 피카소라고 할 수 있다.

그는 평생 「바이올린과 포도」, 「꿈」, 「게르니카」, 「우는 여인」 등 입체파라는 이름으로 현대미술사의 기념비적 작품들을 남겼다. 그중 연작이었던 「황소」는 그의 통찰력을 간접적으로 느끼게 해 준다. 이 11개의 작품은 황소의 모습을 아주 간결하지만 의미 있게 표현하는 과정을 정확하게 보여준다. 「황소」 같은 경우 애플사의 직원들을 위한 교육 레퍼런스로 사용된 것으로도 아주 유명한데, 이는 최대한 간결하고 명확해질 때까지 불필요한 것을 지워내는 회사 철학과 많이 닮아있기 때문이다. 피카소의 작품들은 그가 얼마나 입체적인 시각으로 통찰력 있게 세상을 관찰했는지 느낄 수 있다.

통찰력은 삶에도 큰 영향을 미치게 되는데 통찰력이 결핍되는 경우 포모증후군(Fear Of Missing Out syndrome)으로도 이어지곤 한다. 포모증후군이란 2000년 마케팅 전략가 댄 허먼(Dan Herman)이 고안해 낸 마케팅 방식으로, 원래는 제품의 공급을 줄임으로써 희귀성을 높여 오히려 소비자들의 소비 심리를 증폭시켜 초조하게 만드는 마케팅 방식의 일종이다. 이 마케팅의 핵심은 바로 유행에 민감한 소비자들의 소외감과 두려움을 이용하는 것이다.

하지만 현대에는 이 포모증후군을 새로운 사회 병리 현상으로도 보고 있다. 바로 현대의 많은 사람들이 중요한 정보를 놓쳐 자신만 소외될지도 모른다는 두려움을 갖고 살아가기 때문이다. 그렇게 생긴 두려움은 자존감이 낮아지도록 만들고 독립적 선택권도 잃게 되어 결국 장기적인 목표나 자아 형성에 악영향을 미치게 된다.

오래전부터 인간에게 빠른 정보 수집이란 미래에 대한 빠른 예측이었으며 미래에 대한 빠른 예측은 남들보다 생존에 유리해진다는 것을 의미했다. 하지만 지금 현대인들은 가만히 있어도 수많은 정보가 찾아오는 정보 과부하 시대를 살아가고 있다. 우주산업, 인공지능, 반도체, 정치, 경제, 질병, 코인, 주식 등 알고 싶지 않았어도 모든 정보가 자신에게 스며들어 어떤 정보가 자신에게 진짜 필요한 정보인지 알지 못한 채 이끌려 가기 십상이다.

하지만 이 이끌림을 멈추고 그 사이에서 진정으로 나에게 필요한 정보만 신속하게 골라낸다는 것은 결코 쉬운 일이 아니다. 점점 빠르게 변화하는 시대에 살아가게 될 인류는 더욱 깊은 통찰력이 필요하게 될 것이다.

유발 하라리(Yuval Noah Harari)는 그의 저서 『사피엔스』에서 '인지혁명'을 언급했다. 대부분 잊고 살아가지만 인간도 사자, 곰, 기린, 원숭이 같은 동물 중 하나이다. 그러나 어느 시점부터 인간은 다른 동물들과는 다르게 직접 경험하지 않거나 직접 본 적이 없어도 상상할 수 있는 능력을 갖게 되었다는 의미이다.

좀 더 쉽게 표현하자면 만약 낭떠러지 끝에 서서 '여기서 떨어진다면 내 몸은 산산조각이 날 거야.'라는 상상이 없었다면 인류의 생존은 희박했을 것이며, 만약 깨진 돌의 날카로운 면을 보며 '이걸 사용하면 음식 손질이 좀 쉬울 거야.'라는 상상이 없었다면 도구의 발전은 없었을 것이다.

그리고 만약 인간이 감당할 수 없는 자연현상을 보며 '신이 우리에게

벌을 내리는 거야.' 같은 상상이 없었다면 인류 역사에 종교라는 개념도 탄생하지 않았을 것이다. 이처럼 지금의 인류 문명은 내 눈앞에 없는 것을 상상하며 믿고 그것을 실현하려 하는 행위들이 만들어 냈다고 해도 과언이 아니다. 눈에 보이지 않는 것을 상상하며 믿고 실현한다… 예술적 태도와 굉장히 닮아있다. 어쩌면 예술 또한 인간의 속성 그 자체일지 모르겠다.

가장 오랜 시간 유럽을 지배했던 로마제국은 영토가 넓은 만큼이나 문맹률도 높았다. 때문에 많은 예술가가 글 대신에 그림과 조각들로 종교적 의미나 신의 메시지를 전달하며 대중과의 소통의 역할을 하게 되었다.

사실 인간의 이러한 행위는 문자가 사용되기 훨씬 이전부터 시작되어 왔다. 인류 문자의 기원은 B.C 3,500~3,000년 사이 수메르인이 사용했던 설형문자와 이집트 문명 상형문자 등이 유력하다. 지금으로부터 무려 5,500년 전의 일이다.

그 밖에 한자의 기원이 되는 갑골문자와 알파벳의 기원이 되는 고대 그리스 문자, 그리고 로마제국의 라틴 문자 등이 있지만 앞서 말한 문자들에 비하면 비교적 최근이라고 할 수 있다.

그렇다면 가장 오래된 그림은 언제 그려졌을까? 지금까지 알려진 바로는 인도네시아 술라웨시섬 동굴에 그려진 야생 돼지를 형상화한 그림이다. 동위원소 연대측정법으로 측정한 결과 이 벽화는 약 B.C 45,000년에 그려진 것으로 추정된다고 한다. 현대사회 소통의 기본이라 여기는 문자와는 차원이 다른 역사다.

이 벽화를 그린 사람은 무슨 목적으로 그렸을까? 누구에게 보여주고 싶었던 걸까? 사냥 목표를 상징하는 것인지, 아니면 사냥 성공 후 기록을 남긴 것인지 등 B.C 45,000년 당시의 인류가 시도하는 소통으로 인하여 나의 상상의 공백은 확장이 된다.

그렇다면 춤의 기원은 언제일까? 춤이나 음악은 그림처럼 사료들이 명확하게 남지 않아 더 불분명하지만 초기 인류가 집단생활을 시작하면서 발생한 사회적 행위 중 하나였을 것으로 추정하고 있다. 이는 자신의 신체만으로도 할 수 있는 행위였기 때문에 벽이나 염료 같은 다른 사물을 이용해야 하는 그림보다 훨씬 이전부터 존재했을 거라는 것이 정설이다.

어쩌면 알바트로스나 두루미처럼 구애를 위한 행동으로 시작했거나 혹은 신을 위한 의식으로 시작되었을지도 모르지만, 중요한 것은 그때나 지금이나 소통을 위한 매개체로 사용했을 것임은 분명하다.

자유로운 예술이 자유롭지 못한 이들을 대변하는 것처럼 예술의 진정한 가치는 언어나 민족을 뛰어넘고 때로는 시대조차 초월하는 소통이 실현될 때이다. 왜 인류가 예술을 해 왔는지 그리고 왜 해야만 하는지에 대한 이유는 여기에 있다고 생각한다. 물론 언제나 소통이라는 문은 쉽게 열릴 때도 있을 것이고 반면에 오랜 시간을 두드려야 할 때도 있다. 그러나 이러한 과정은 서로 다름을 인정하고 다양성을 받아들이는 계기가 되며 이런 순간을 반복하면서 함께 사는 방법을 깨우치게 된다.

과거 예술이 특권층의 전유물이었다면 지금 현대의 예술은 전문성이라는 경계는 점점 희미해지고 감상 자체가 작품의 일부가 되거나 심지어 감상자가 공동 창작자가 되기까지 하는 유례 없던 다양한 창작의 시대이다.

현대의 예술은 이미 가요, 영화, 소설, 춤이라는 방식으로 생활 속 깊이 스며들어 있으며 더 나아가서는 이 세상 모든 경계를 허물게 해 줄 아주 유용한 도구이기도 하다. 비록 우리 모두가 예술 안에서 살아갈 수는 없겠지만 모두가 예술가처럼 생각할 수는 있지 않을까?

예술은 손으로 만든 작품이 아니라
예술가가 경험한 감정의 전달이다.

- 레프 톨스토이 (Leo Tolstoy)

만 물 의
영   장

만물의 영장이라 불리는 인간은 지구라는 행성의 주인처럼 살아가고
있지만, 여전히 지구에 대해 모르는 것투성이다. 특히 바다 같은 경우 지
금까지 탐사한 영역이 겨우 전체의 5%밖에 되지 않는다고 한다. 그 말
은 아직 인간이 손길이 닿지 않은 곳에는 미지의 생명체가 존재할 수도
있다는 것을 의미한다. 여전히 지금도 여러 학자에 의해 매년 새로운 생
명체가 꾸준히 밝혀지는 중이다.

특히 눈에 보이지 않는 아주 작은 바이러스의 영역은 여전히 미지의
세계이다. 독소라는 의미를 가졌던 라틴어 Virus(비루스)에서 기원한 바
이러스는 일반 현미경으로는 관찰조차 못 할 정도로 작은 존재다. 이 존
재는 생명의 기본 단위인 RNA나 DNA는 물론 단백질 구조까지 가지고
있지만, 생존에 필요한 먹이활동도 없고 대사 과정도 없으며 스스로 복
제도 하지 않는다. 마치 생명인 듯 아닌 듯 존재하다가 적절한 숙주를 만

나면 숨겨 왔던 생명력을 과시라도 하듯 무섭게 복제하고 때에 따라 진화까지 한다. 여기서 말하는 '숙주'란 엄밀히 말해 동물이나 식물을 지칭하기보다는 '세포'라고 하는 게 적합하겠다.

바이러스는 자연 어디든 존재한다. 인간에게 악영향을 미치는 바이러스는 자연 밖에 살던 인간이 다시 자연 속으로 침범하면서 얻게 되는 경우가 많다. 메르스, 에이즈, 에볼라, 코로나와 같은 바이러스는 낙타, 원숭이, 박쥐같이 사람들에게 아직 친숙하지 않은 동물들에게서 옮겨 온 치명적인 바이러스다.

물론 인간에게는 백혈구라는 훌륭한 방어 체계가 있기 때문에 모든 바이러스가 위험한 것은 아니다. 백혈구는 익숙지 않은 바이러스가 우리 몸 안에 들어오면 파이로젠(pyrogen)이라는 발열 물질을 생성하고, 그로 인해 발생하는 열에 의해 대부분의 바이러스는 죽게 된다. 우리 몸 안에 염증이 생기거나 감기에 걸렸을 때 열이 나는 이유는 백혈구의 방어 활동 때문이다.

물론 모든 바이러스가 인간에게 해로운 것은 아니다. 이로운 바이러스도 존재하는데 대표적으로 '박테리오파지(Bacteriophage)' 바이러스가 있다. 일명 '파지'라고도 불리는 이 바이러스는 인간의 세포에는 영향을 끼치지 않으며 특정 박테리아 안에 자신의 유전 물질을 넣은 후 일정 시간이 지나면 그 박테리아의 소멸과 동시에 번식한다. 바로 유전자 복제를 박테리아라는 매개체로 하는 것이다.

1915년 영국 브라운동물연구소의 미생물학자 프레더릭 윌리엄 트워트(Frederick William Twort)는 포도상구균 군집 사이사이 녹아있는 듯한 빈공간을 발견하였는데 이는 뭔가 박테리아의 증식을 막아내는 존재가 있다는 첫 발견이었다. 이후 1917년 프랑스 세균학자 펠릭스 데릴(Félix d'Hérelle) 역시 같은 현상을 발견하게 되었고 이를 본 펠릭스는 박테리아만 공격하는 특정 바이러스의 활동이라 확신하게 된다. 그래서 그 바이러스에게 '박테리아를 먹는다'라는 뜻의 '박테리오파지'라는 이름을 붙이게 된다.

1930년 전자 현미경의 발달로 그 존재가 확인되면서 연구가 빠르게 진행되었고, 바닷물 1ml당 최대 9억 개, 토양 1g에 최대 10억 개의 파지가 존재할 거로 추정하며 세상에 가장 많이 존재하는 바이러스로 밝혀졌다.

이처럼 어디에나 있는 파지는 오랫동안 아무도 모르게 박테리아의 개체 수를 조절하는 데 큰 기여를 하는 존재로 떠오르게 된다. 이러한 특성들 때문에 항생제로도 죽일 수 없는 슈퍼박테리아를 파지를 사용해서 죽일 수 있음을 확인하였고 이와 같은 '파지 요법'은 지금도 의학계서 꾸준히 연구 중이다.

사람에게 이로운 바이러스는 또 있다. 약 3,000년 전부터 존재 했을 거라 추정되는 천연두 바이러스는 치사율이 높고 전염성도 빠른 아주 위험한 질병이었다. 1796년 영국 에드워드 제너(Edward Jenner)라는 의사가 소두창 바이러스로 백신을 만들기 전까지 말이다. 소젖을 짜는 일을 했던 한 여인이 소에게 있던 소두창 바이러스에 감염되었고, 이후 그 여인을 관찰한 제너 박사는 소두창 바이러스가 천연두 바이러스 감염을 막아 준다는 것을 알게 된다. 천연두와 증상은 비슷하지만 치사율이 낮고 자연치유가 가능했던 소두창 바이러스는 천연두의 백신으로 쓰이게 된다. 이후 라틴어로 '소'를 뜻했던 '백시니아(Vaccinia)'는 현대에 치료제를 뜻하는 '백신(Vaccine)'이라는 이름으로 불리게 됐다.

대한민국은 1798년 정약용에 의해 종두법을 실시했으나 큰 효과를 얻지 못했고 1885년 지석영에 의해서 다시 전파되어 천연두는 서서히 사라졌다. 제너 박사가 천연두 백신을 발견한 지 200년이 넘은 지금 천연두는 더 이상 치사율이 높은 질병이 아닌, 인류 역사에 있어 위대한 공중 보건 성공 사례로 남게 된다.

이렇게 눈에 보이지도 않을 만큼 작은 존재가 전 인류를 공포로 몰아넣기도 하고 때로는 인류를 구해주기도 한다. 마치 지구의 주인은 인간이 절대적으로 아니라는 것을 증명이라도 하듯이 말이다.

그렇다면 지구에서 발견된 생물 중 가장 큰 생물은 과연 무엇일까? 아마 가장 먼저 고래가 떠오를 것이다. 지구상에서 가장 큰 포유류로 알려진 고래는 종류마다 크기도 식성도 모두 다르다. 거의 전 세계 바다에 분포하며 가장 넓게 퍼져서 서식하는 범고래는 눈에 많이 띄어 인간에게 가장 친숙한 고래 중 하나다.

범고래는 매우 영리하기로 유명하며 최대 몸길이 10m, 무게는 최대 10t까지 자란다. 물속에서 시속 60Km에 가까운 속도로 헤엄을 치고 중·대형 물고기뿐 아니라 바다사자, 새끼 고래, 상어 등 모두 사냥하고 심지어 물 위에 떠 있는 조류도 사냥하는 등 그야말로 무서울 게 없는 최상위 포식자이다.

배가 고프지 않아도 유희 목적이나 호기심으로 사냥을 하기도 하는데,

이런 모습은 'Killer Whale'이라는 이름을 상기시키기도 한다. 보통 평균적으로 80~90년을 살며 무리를 지어 생활하고 거대한 먹잇감을 공격할 땐 함께 협동하여 계획적인 단체 사냥을 한다. 빙하 위에 있는 바다사자를 사냥하기 위해 단체로 물살을 일으켜 빙하를 잘게 부숴버리는 모습은 경이로울 정도이다.

하지만 범고래는 대왕고래에 비하면 귀여운 크기다. '흰수염고래'로 불리기도 하는 대왕고래는 거대한 동물들의 전성기였던 백악기 공룡보다도 큰 몸집을 자랑한다. 최대 몸길이는 33m이며 무게는 최대 190t이 넘는다. 심장 무게만 200kg 가까이 되는 대왕고래는 수명도 약 100년을 사는 명실상부 지구상에서 가장 큰 동물이다. 이러한 거대한 몸집으로도 시속 40km의 속도로 헤엄치기도 하며 입을 벌려 220t의 물을 마신 후 크릴들을 걸러 먹는다. 하지만 19~20세기 사이 무자비한 포획으로 개체 수가 현저하게 줄어들면서 전 세계적으로 보호를 외치고 있다.

미국 스탠퍼드대 해양생물 연구원들은 대왕고래, 참고래, 혹등고래 등 191마리 고래들에게 추적 장치를 달아 2010년부터 9년간 연구한 결과, 고래들이 주로 수심 50~250m 깊이에서 먹이활동을 한다는 것을 알았다. 연구원들은 여러 고래들의 먹이활동 경로를 따라 미세 플라스틱 농도를 측정하였는데 멸치나 청어 같은 물고기를 먹는 혹등고래는 매일 약 20만 개의 플라스틱 조각을 섭취하고 크릴을 먹는 대왕고래는 매일 약 1,000만 개의 플라스틱 조각을 섭취한다는 충격적인 연구 결과가 나온 것이다.

홉킨스 마린 스테이션(Hopkins Marine Station)의 해양연구원 매튜

사보카(Matthew Savoca)는 "대왕고래는 덩치와 다르게 먹이사슬의 밑바닥과 같다. 그곳엔 미세 플라스틱을 먹는 크릴과 크릴을 먹는 대왕고래의 단 하나의 사슬만이 존재한다."고 말했다.

대왕고래는 지구상에서 가장 큰 동물이라는 타이틀을 가지고 있지만 인간에 의하여 가장 비극적인 동물이라는 타이틀도 갖게 될지도 모른다. 비슷한 예로 2018년 해양생물자원관에서 방생한 바다거북이가 11일 만에 부산 바닷가에서 사체로 발견되었다. 수족관에서 자란 거북이가 환경 부적응 탓인지 질병 탓인지 이유를 알기 위해 부검한 결과 225개의 해양쓰레기가 위 속에서 발견된 것이다. 방생한 날부터 11일 만에 먹은 해양쓰레기가 225개라는 뜻이었다. 거북이의 폐사는 예전부터 종종 일어난 일이었지만 단기간에 이렇게 많은 양의 해양쓰레기가 폐사한 거북이의 위 속에서 발견된 일은 이례적이었으며 이는 사회에 전하는 거북이의 다잉 메세지와도 같았다.

대왕고래는 지구에서 가장 큰 동물이지만 더 넓은 생물의 영역으로 가면 대왕고래조차 아담해진다. 심지어 그 생물은 과거에 존재했던 신비한 생물도 아닐뿐더러 지금도 계속 성장하는 생물이다. 바로 미국 캘리포니아 세쿼이아 국립공원에 있는 '제너럴 셔먼 트리(General Sherman Tree)'라는 세쿼이아다. 제너럴 셔먼이라는 이름은 1861년 미국 남북전쟁 당시 북부 연합군 육군 장교였던 윌리엄 테쿰세 셔먼(William Tecumseh Sherman)에서 가져왔으며, 대한민국에서는 1866년 '제너럴셔먼호 사건'으로 잘 알려진 이름이기도 하다.

이 나무는 둘레만 해도 31m로 대왕고래와 맞먹으며 높이는 무려

84m, 나이는 약 2,200살로 기원전부터 살아왔을 거라 추측한다. 그리고 무게는 약 1,385t으로 추정하고 있는데 이는 대왕고래의 무게의 8배가 넘는 무게이기도 하다. 이곳에는 크기는 제너럴 셔먼 트리보다는 작지만 나이가 약 3,000살이 넘을 것으로 추정되는 세쿼이아도 있으며 가장 높은 나무 역시 '하이페리온'■이라 불리는 115m 높이의 세콰이어과 레드우드이다.

먼 옛날부터 인간에겐 자원이 되고 동물들에겐 보금자리였던 세쿼이아 숲은 미국의 서부 개척 시대 때부터 지금까지 90%가 훼손되었다고 한다. 겨우 이들에게 나이테가 몇 줄 생기는 동안 기원전부터의 역사를 품었던 존재가 90% 사라진 것이다.

이처럼 인간은 때때로 움직이지 않고 소통이 되지 않는다는 이유로 식물을 과소평가하기도 한다. 알다시피 식물의 광합성은 동물에게 필요한 산소를 제공하고 동물의 호흡은 식물에 필요한 이산화탄소를 제공한다. 식물과 동물은 지구의 균형을 책임지는 이상적인 파트너다. 하지만 인간 역시 고래와 같은 포유류에 속하는 동물이고 모든 동물은 자연의 일부일 뿐이다. 오늘날 많은 사람은 자연과 함께 살아가기 위해선 자연을 사랑하라고 말하지만, 인간에게 가장 중요한 것은 자연을 사랑하는 것이 아닌 이 세상에서 인간만이 특별한 존재라는 착각을 버리는 것이다.

이 생각이 사라지지 않는 한 인간의 미래는 밝지만은 않을 것이다. 한낱 자원으로 소비되는 세쿼이아에 비해 인간의 삶은 찰나의 점과도 같

■ 그리스 신화 속 태양신의 이름이자 '높은 곳에 있는 자'

으며 그런 인간은 점보다도 작은 바이러스에 의해 고통받으며 살아가고 있다.

　지구 밖에서 지구를 바라보기 시작한 시점부터 인류는 하나밖에 없는 지구에 커다란 의미를 부여하기 시작했다. 1961년 인류 최초 우주비행사 유리 가가린(Yurii Gagarin)의 "지구는 푸르다."라는 말을 시작으로 1968년 달 궤도에서 임무 수행 중 촬영한 아폴로 8호의 '지구 돋이(Earth rise)'는 1970년 '지구의 날'을 제정하는 데 기여하였고 1990년 보이저 1호가 공개한 '창백한 푸른 점(Pale Blue Dot)'은 지구에 대한 경외심마저 불러일으켰다.

　이처럼 인류에게 지구의 존엄성을 알리는 시도는 여러 차례 있었다. 그러나 인간은 아주 먼 옛날부터 자연과 조화가 아닌 분리를 선택함으로써 자연을 자원으로 바라볼 수 있었고 지금의 인류 문명을 이루게 된 것이다. 이런 오래된 인식과 교육방식은 지구 환경을 그저 추상적인 개념으로 여기도록 만들었으며 어떤 행동이 어떤 방식으로 우리에게 돌아오는지, 또 자연과 공생하기 위한 구체적인 움직임은 무엇인지 깊게 생각할 필요가 없게끔 만들었다. 최근 20년간 '죽어가는 지구', '지구가 아파요' 같은 슬로건을 걸며 세계적으로 환경을 위한 움직임을 강조하고 있지만, 단순 정보 전달과 같은 말은 인간을 쉽게 움직이게 하지 않는다. 인간에게 '환경을 보호합시다'라는 문구는 마치 흡연자에게 담뱃갑에 써 있는 '담배는 각종 질병을 유발할 수 있습니다.'와 같은 문구일 뿐이다.
　이제는 이러한 딱딱한 정보 전달의 방식보다 좀 더 심화된 교육방식과

메시지 전달로 인간의 생활과 환경의 균형을 바로잡을 필요가 있다. 사실 엄밀히 말하면 지구를 걱정할 필요는 없다.

미세 플라스틱에 의한 해양 오염, 탄소배출로 인한 대기 오염에 의해 마치 생명의 기본 요소인 물과 공기가 오염되고 있는 것 같지만 지금 지구를 오염시키는 물질들은 이미 지구에 존재하던 물질의 형태 변환일 뿐이다. 45억 년을 살아온 지구는 백만 년이라는 시간만 지나도 새로운 생명과 새로운 환경을 만들어 낼 능력을 가지고 있다. 인간이 오염시키고 있는 것은 지구가 아니라 오직 인류의 미래뿐이다. 우리가 누리는 자연은 과거로부터 물려받은 것이 아니라 미래에서 빌려 온 것임을 잊지 말아야 한다.

진   짜
적   은
보 이 지
않 는 다

현대문명에 있어 전기가 하는 역할은 실로 어마어마하다. 세탁기, 전자레인지, 커피포트, 에어컨 등을 사용 가능케 해줌으로써 일상생활에 편리함을 유지해 주며 신호등, 지하철, 인터넷 등으로 사회적 시스템을 유지시켜 주기도 한다. 앞으로 다가오게 될 4차 산업혁명에 있어 전기의 존재감은 더 중요해질 것이다. 그만큼 전기는 인간에게 있어 어느새 필수 조건이 되어버렸으며 전기가 하루라도 사라진다면 인간에게는 대혼란이 될 것이다.

실제로 2003년 8월 14일 미국 북동부 지역 7개 주와 캐나다 온타리오주 일대에 3일간의 대규모 정전이 일어났다. 발전소 출력 모니터링 업체인 젠스케이프에 따르면 송전선과 나무의 누전을 시작으로 3분 만에 21개의 주요 발전소가 가동을 멈추게 되었고 이는 무려 265개의 발전소가 멈추게 되는 결과를 초래하였으며 인류 역사상 가장 큰 정전 사태였다.

지하철과 공항 모든 도로 교통이 마비되었으며 경제적 활동 역시 멈춰버린 것이다. 이때 발생한 경제적 손실이 약 60억 달러가 넘을 것으로 추정했으며 정전 동안 발생한 인명피해 역시 피할 수 없었다.

가장 피해 인구가 많았던 뉴욕시 보건부는 정전 사태 이전 사망률보다 정전 기간의 사망률이 28% 급증하는 결과를 발견하게 되었다. 뉴욕시 보건부의 역학자인 샤오 린(Shao Lin)은 "지하철이나 엘리베이터 같은 어둠 속에서 갇혔을 때 사람들에게 발생하는 두려움과 스트레스는 심장 마비를 유발하거나 천식을 악화시킬 수 있다."라고 말했고 이를 연구한 존스 홉킨스 대(Johns Hopkins Universit) 생물통계학 박사 브룩 앤더슨(Brooke Anderson)은 뉴욕시 3일간 추가 사망자 중 12명은 사고로, 38명은 심혈관 질환, 3명은 호흡기 질환, 37명은 다양한 건강 악화로 인한 사망을 발견했으며 "정전이 인간의 건강에 즉각적이고 심각한 해를 끼칠 수 있으며 특히 만성질환 환자들의 건강 관리에 큰 문제가 될 수 있음을 나타낸다."라고 말했다.

전기는 인류에게 아주 익숙하고 없어서는 안 되는 에너지이지만 사실 인류가 지금처럼 전기를 자유자재로 사용한 지는 그렇게 오래되지 않았다. 만약 인류 문명 시작을 100년 전이라고 하면 전기를 사용하게 된 시기는 겨우 2년 전의 일이다. 그럼 과연 언제부터 전기는 인류 문명 속으로 들어온 것일까?

B.C 600년 전 그리스 자연 철학자 탈레스는 자연의 본질을 탐구하여 인간이 사는 세상을 설명하려 했던 철학자이다. 기록에 의하면 호박이

라는 보석에 모피로 광택을 내는 과정에서 먼지가 호박에 붙는 현상을 발견했다고 되어 있다. 이것은 정전기라는 존재의 첫 발견이었지만 아쉽게도 그저 신비한 현상으로만 여겨졌으며 이후로도 오랫동안 전기라는 존재는 그저 번개와 같은 자연의 현상일 뿐 인간의 생활과는 동떨어진 현상으로 취급되었다.

오랜 시간이 지나고 영국에서 산업혁명이 시작될 무렵, 1746년 네덜란드의 물리학자 피터 반 뮈센브루크(Pieter van Musschenbroek)는 약 2,300년 전 탈레스가 발견했던 정전기를 저장하기 위한 실험을 하게 된다. 물이 담긴 유리병에 쇠막대기를 길게 넣어서 철사로 연결한 후 황으로 만든 구를 회전시켜 마찰을 일으키고 그로부터 발생하는 정전기가 쇠막대를 통해 유리병에 저장되는데, 이는 전기의 저장을 증명한 첫 실험이었다.

이 영향으로 벤저민 프랭클린(Benjamin Franklin)이나 아베 놀레(Abbé Nollet) 등 여러 사람이 비슷한 실험을 했지만 유희 목적의 일회성 실험에 불과했고 더 이상의 커다란 발전이 없어 실용적으로 전기를 사용하기에는 부족했다.[■]

세기가 바뀌고 나서야 이 문제를 해결하게 되는데 1800년 이탈리아 물리학자 알렉산드로 볼타(Alessandro Volta)는 구리와 아연 사이 묽은 황산을 적신 천을 넣어 차곡차곡 쌓았고 여기에 전기를 흘려보냈다. 이는 더 많은 양의 전기를 저장하고 그 저장 된 전기를 지속적으로 사용 가

■ 당시에는 과학을 이용한 퍼포먼스가 마치 현대의 마술쇼처럼 유행하였다.

능하도록 만들었다.

이 원리는 실제로 지금 우리가 사용하는 배터리의 원리와 거의 흡사하다. 지속적인 전기의 흐름이 가능해지자 1820년 덴마크 물리학자 한스 외르스테드(Hans Ørsted)는 나침반 위에 철사를 두고 전기를 흘려보내 자기의 변화를 실험하는 과정에서, 나침반의 바늘이 기존에 알고 있던 남극 북극이 아닌 전기가 흐르는 방향에 따라 움직이는 것을 확인하게 된다. 이 실험으로 전기의 흐름과 동시에 자기장이 발생한다는 것을 발견하게 되었다.

한편 1831년 영국의 물리학자 마이클 페러데이(Michael Faraday) 역시 전기와 자기의 연관성을 연구하던 중 외르스테드의 실험과는 반대로 자석을 구리 코일에 통과시켜 자기의 움직임만으로 전류를 만들어 내는 실험으로 전자기유도 원리를 증명하였고 이는 사실상 역학적 에너지를 전기에너지로 바꿔주는 인류 역사상 첫 발전기의 발명이었다. 이 실험은 훗날 2차 산업혁명을 앞당기는 계기가 되었으며 이 원리는 현재까지도 모든 발전소에서 쓰이는 전기에너지 생산 방식이다.

발전소는 열을 발생시켜서 물을 끓이고 생겨나는 증기의 힘으로 자석과 코일이 들어있는 터빈을 돌려 전기를 생산한다. 열에너지를 운동에너지로 그리고 다시 전기에너지로 바꾸는 방식이다. 이 말은 즉 현재 전기에너지를 만들어 내는 발전소는 대부분 증기기관 시스템 없이는 돌아가지 않는다는 것이다.

미국의 에너지정보청(EIA)에 따르면 2020년 기준 미국 내 에너지 총생산 비율은 천연가스 40%, 재생에너지 21%, 원자력 20%, 석유·석탄 19%

이다(2021년 기준 대한민국 재생에너지 생산 비율은 8.29%이다). 그렇다면 탈(脫)탄소화에 앞장서고 있는 유럽의 에너지 생산 비율은 어떨까?

유로스타트(Eurostat)의 통계에 의하면 2020년 기준 유럽 전체 에너지 생산량 중 재생에너지가 41%로 가장 높고 원자력 31%, 석탄 18%, 천연가스 7%, 석유 4%로 성공적인 탈탄소화의 길로 가는 것처럼 보이지만, 실제로는 2010년부터 지금까지 유럽연합 27개국의 에너지 총생산량은 꾸준히 감소하고 있으며 2019년에 비해서는 7.1%나 감소하였고, 오히려 에너지 총소비량에서는 석탄, 석유, 천연가스와 같은 화석연료 사용 비율이 70%를 기록하며 높은 에너지 수입 의존도를 보였다. 인구는 늘어나지만 에너지 생산량은 줄어드니 당연한 결과다.

그렇다, 여전히 세계는 화석연료로 돌아가고 있다.

엄청난 속도로 발전을 이루었지만 세상을 돌아가게 하는 건 여전히 300년 전처럼 화석연료를 이용한 증기기관이라니… 너무 황당하지만 사실이다. 물론 이를 넘어서기 위한 노력이 없는 것은 아니다. 조력, 수력, 풍력, 태양열 등 다양한 친환경 에너지가 있지만 그중에는 특히 전 세계가 관심을 가진 핵융합 기술이 있다. 수소들의 핵력을 유발해 열에너지를 얻는 방식인데 바로 영화 속 아이언맨이 구현했던 기술이다. 높은 온도와 압력을 인공적으로 만들면 그 안에 있던 중수소(중성자를 갖고 있는 수소)와 삼중수소(중성자가 2개 있는 수소)가 융합되어 헬륨으로 바뀌게 된다. 그 과정에서 필요 없는 중성자 하나가 밖으로 튀어나오게 되면서 열에너지가 발생하는 것이다.

이것은 실제 태양에서 일어나는 핵융합 활동과도 같아 핵융합 기술을 '인공태양'이라고 부른다. 현재의 핵융합 기술 발전은 현재 두 가지 방식으로 진행되는데, 하나는 '토카막 방식'으로 도넛 모양의 진공관에 자기장으로 열과 압력을 가두는 방식이다. 2021년도 한국핵융합에너지연구원 연구본부(Korea Superconducting Tokamak Advanced Research)가 1억 도 초고온 플라스마를 30초나 유지하는 데 성공하여 세계적으로 주목받은 바 있으며 2026년까지 300초 유지를 목표로 삼고 있다.

다른 하나는 고출력 레이저를 특수 금속 용기에 쏴 순간적으로 높은 온도와 압력을 발생시키는 방식으로 2022년 미국 로런스 리버모어 국립연구소(Lawrence Livermore National Laboratory)에서 192개의 레이저를 사용하여 2.05MJ 에너지로 1.5배 정도의 3.14MJ 에너지를 생산하는 데 성공하였다.

대한민국의 방식이나 미국의 방식 모두 청정에너지 개발에 있어 위대한 도약이란 것은 사실이지만 양쪽 방식 모두 아직은 지속할 수 있는 기술력이 부족하다는 것이다.

사실 이 핵융합 기술은 달 탐사와도 밀접한 관련이 있다. 재료로 쓰이는 중수소들은 바다에 거의 무한대로 존재하는데 삼중수소는 인공적으로 생산이 가능하지만 필요한 양만큼 만드는 과정은 결코 쉬운 일이 아니며 자연에서 구하기는 더 어렵다. 그렇기에 삼중수소를 대체할 재료가 필요한데 그게 바로 헬륨3이다.

헬륨3를 이용한 핵융합 반응은 삼중수소와의 핵융합 반응보다 더 높은 온도에서 반응하지만 그만큼 훨씬 더 큰 에너지를 발생시킨다.

1g의 헬륨3를 이용한 에너지 생산은 약 석탄 40t 양의 에너지와 맞먹는다. 이 역시 지구에는 거의 존재하지 않지만 달에는 이 헬륨3가 100만t 이상 매장되었을 것으로 추측한다. 전 세계가 달 탐사에 열을 올리는 이유기도 하며 핵융합 기술에 앞장서고 있는 대한민국 역시 다누리호를 2022년 8월 달로 보내면서 세계 7번째 달 탐사 국가로 발돋움하였다. 무엇보다 이 핵융합 기술에 전 세계가 집중하고 있는 이유는 기존 에너지 발전에 가장 크게 문제 되었던 탄소배출이나 방사성 폐기물이 핵융합 발전에는 거의 발생하지 않는 가장 안정적이고 효율적인 친환경 에너지로 여기고 있기 때문이다.

일상생활에 소모되는 에너지 사용량은 어느 정도 억제가 가능하다. 실제로 일부 유럽 국가에서는 급격한 전력 소모에 의한 대규모 정전 사태를 방지하고자 일시적으로 전력 공급을 중단하여 전력 소비량을 인위적으로 컨트롤하고 있기도 하다.

기술 발전에 있어서도 필요하다면 스스로 억제가 가능할 것이다. 하지만 인간의 활동에 의해 발생하는 정보의 증가는 막을 수 없다. 정보란 곧 데이터다. 우리가 쓰는 인터넷, 메신저, 클라우드, 게임 같은 서비스 모두 데이터다. 그렇다면 이 수많은 데이터는 어디에 저장되는 것일까? 대표적으로 구글, 아마존, 애플, 메타, 마이크로소프트 등 세계적인 IT 기업이 있다. 이들이 가지고 있는 데이터센터를 운영하려면 방대한 에너지가 소비되는데 이를 위해 발전소 역시 기업들 자체적으로 운영하기도 한다.

특히 연면적 2만 2500㎡(축구장 3배) 이상이며 서버가 최소 10만 대 이상의 초대형 데이터센터를 하이퍼 스케일 데이터센터라 일컫는다. 글로벌 시장 조사 업체 시너지 리서치 그룹(Synergy Research Group)의 자료에 따르면 2021년 2분기 말 하이퍼 스케일 데이터 센터의 수는 659개며 이는 2016년 이후 2배나 증가한 수치이다. 에너지정보청(EIA) 통계에 따르면 2020년 기준 하이퍼 스케일 데이터센터의 전력 소비량은 200~250TWh로 전 세계 전력 소비량의 1%를 차지한다.■ 이미 하이퍼 스케일 데이터센터의 전력 소비량은 국가 단위의 전력 소비량을 뛰어넘는 수치이다.

쉽게 말해 가속화된 디지털 기술의 발달로 인해 전 세계의 데이터센터도 기하급수적인 속도로 늘어나고 있으며 이로 인해 소비되는 에너지는 앞으로도 꾸준히 환경에 영향을 미치게 될 것을 의미한다. 데이터센터 에너지 소비의 가장 큰 원인은 컴퓨터의 발열을 잡기 위한 냉방이다. 이를 해결하기 위해 21개의 데이터센터를 가지고 있는 메타는 북극과 가까운 스웨덴 룰레오 지역에 데이터센터를 건설하는가 하면 바람이 많이 부는 아일랜드 지역에 데이터센터를 건설하기도 하였다.

이러한 행보를 보인 메타 최고경영자 마크 저커버그(Mark Zuckerberg)는 2020년 자신의 페이스북에 "모든 데이터센터의 서버 냉각수 사용량을 줄이고 있으며 모두 100% 재생에너지로 가동 중이다."라고 말했다.

마이크로소프트는 2015년부터 2020년까지 5년간 프로젝트 나틱

■ 남아공의 연간 전력 소비량은 208TWh이며 대한민국은 527TWh이다.

(Project Natick)을 진행하였다. 2018년부터는 총 864대의 서버, 약 12m 길이의 데이터센터를 스코틀랜드 오크니섬 해저 117ft(약 36.5m) 지점에 조력 및 파력 발전기와 함께 데이터센터를 배치하고 2년간 마이크로소프트 내 18개가 넘는 그룹이 해저에 배치된 데이터센터를 사용하며 서버의 성능과 안정성을 테스트했다. 결과적으로 수중 데이터센터의 고장률은 지상 데이터센터의 8분의 1 수준인 것을 확인하였고 이는 무인으로 가동되는 데이터센터의 가능성을 제시하기도 하였다.

마이크로소프트 에저(Microsoft Azure) 부사장인 윌리엄 채플(William Chappell)은 "인간의 손길이 필요하지 않을 만큼 신뢰할 수 있는 데이터센터를 만드는 방법을 배우는 것은 우리의 꿈입니다."라고 말했다. 그 밖에 마이크로소프트는 전체 사무실 냉난방에 사용되던 전기의 50% 절감을 목표로 시애틀 본사 옆 1만㎡ 부지에 북미 최대 지열에너지 센터를 짓고 있다.

유럽연합 역시 급격한 속도의 디지털 기술의 발전이 다가올 미래에 환경적 문제가 될 것을 우려하였고 호라이즌 유럽(Horizon Europe)의 연구 프로그램의 일환으로 우주에 데이터센터를 구축하는 방향을 모색하고 있다. 항공 우주 제조업체 탈레스 알레니아 스페이스(Thales Alenia Space)는 어센드(ASCEND, Advanced Space Cloud for European Net zero emission and Data sovereignty) '우주 궤도에 있는 데이터센터에 대한 가능성 조사'를 맡았다.

이 프로젝트는 아직은 우주 궤도에서 데이터센터에 공급할 태양열 발전, 관리 및 유지 지속 가능성, 지상과의 빠른 통신 연결 등 현실화 가능성을 위해 시행되는 시범 연구 프로젝트이며 2050년까지 그린 딜 (Green Deal)이라는 유럽연합의 탄소 중립 목표 달성을 위한 프로젝트 중 하나이다.

유럽연합의 그린 딜을 위한 움직임은 이뿐만이 아니다. 2020년 EU 택소노미(EU Taxonomy) 발표 당시 원자력 발전과 천연가스는 친환경 에너지의 범주에 포함이 되지 않았었지만 2022년 새로 발의된 바로는 2023년 1월부터 천연가스 발전소와 원자력 발전소를 친환경에너지로 인정하겠다는 내용이 포함되어 있다. EU 택소노미에는 6가지 주요 환경 목표가 정해져 있다.

첫째, 온실가스 완화
둘째, 기후변화 적응
셋째, 수자원 및 해양생태계 보호
넷째, 자원 순환 경제로 전환
다섯째, 오염물질 방지 및 관리
여섯째, 생물의 다양성 및 생태계 복원

이처럼 친환경적 경제 활동 식별을 위한 명확한 기준을 제공함으로써 온실가스 배출량을 줄이고 에너지 효율성을 촉진하며 천연자원을 보호 하는 등 민간 자본을 친환경적 활동에 집중시킬 수 있다. 또한 환경을 보 호하고 복원하는 활동을 우선시하게 되어 생태계를 보전하고 생물 다양 성의 손실을 방지하는 데 도움이 될 수 있는 긍정적인 방향이 있다.

원자력 발전과 천연가스 발전에 대해 추가로 포함된 내용에는 천연가스 발전소는 킬로와트시(kWh)당 탄소 배출량이 270g 미만, 화석연료발전소 교체, 2030년 12월 31일까지 건축 허가 획득 시 친환경으로 분류하기로 했다. 신규 원전은 2045년 이전에 건설 허가를 받아야 하고 핵폐기물 처리장과 그에 따른 예산 등 상세한 운영 계획이 있어야 하며 마지막으로 사고 저항성 핵연료(ATF)를 써야 한다. 사고 저항성 핵연료란, 노심을 냉각하는 기능이 상실되는 특수한 상황에서도 열에 녹지 않고 안전성을 오랜 시간 유지할 수 있는 핵연료를 의미한다.

그러나 이마저도 엄밀하게 말하자면 아직까지는 개발 단계이다. 또한 핵폐기물 처리에 발생하게 될 장기적 비용과 사고 위험의 불투명한 방안으로 인해 여전히 원자력 에너지에 대한 부정적 견해와 직면해 있기도 하다.

원자력에너지가 친환경 에너지로서 모두에게 인정받는다 해도 모든 친환경에너지 발전은 위치적 한계, 환경적 한계에 부딪히기 마련이다. 이를테면 인구 밀집도가 높고 국토가 작은 대한민국의 경우 대량의 태양열 패널을 설치할 부지조차 부족하며 연간 에너지 소비의 80%를 친환경에너지로 생산해 내는 스위스 역시 추운 겨울에는 화석연료를 사용한다.

인간이 살아가는 데 있어 필요한 모든 자원은 자연으로부터 나온다. 하지만 인간은 자연을 위험하게 여기고 자연으로부터 멀리 떨어져 살기도 하며 필요하다면 얼마든지 자연을 훼손하기도 한다. 이토록 자연을 적대시하는 종족이 또 있을까 싶지만, 좋든 싫든 이제 반드시 자연과 함께 살아야 하는 과정에 접어들고 있다. 깊은 산속이나 숲속에서 살아야 한다는 것이 아니라 불편함을 감수하고 자연과의 공존을 위한 생활을 해야 한다는 뜻이다.

인류에게 있어 산업혁명은 문명의 발전을 가속화시켰다. 특히 18세기 증기기관차의 탄생 이후 개인 이동 수단인 자동차의 탄생은 아주 획기적이었다. 이전까지 개인 이동 수단이라곤 사람이 직접 끄는 인력거나 소나 말이 끄는 수레 같은 것이 전부였을 테니 말이다. 게다가 당시 거리에는 이동 수단으로 사용했던 동물들의 배설물이나 사체가 흔했기 때문에 자동차가 처음 나왔을 때 사람들은 청정 이동 수단으로 여겼다고 한다. 당시에 만들었던 자동차들은 지금처럼 차체가 무겁지도 않았고 평균속도 15~20km밖에 나가지 않아 사고의 위험성도 미약했다. 19세기에 들어 내연기관이 만들어지기 전까지는 말이다.

내연기관은 열 손실이 많은 증기기관에 비하여 효율성이 높았다. 점차 기술의 발달로 가솔린을 이용한 내연기관이 등장했다. 칼 벤츠(Karl Benz)가 1886년도에 만든 페이턴트 모터바겐 3세대(Patent-Motorwagen Nr.)는 첫 가솔린 내연기관의 3륜 자동차였지만 큰 주목을 받지 못했다.

그러자 1888년 그의 아내였던 아내인 베르타 벤츠(Bertha Ringer Benz)가 거주하고 있던 만하임에서 친정집 포르츠하임까지 무려 100km가 넘는 거리를 왕복하는 데 성공을 하였다. 심지어 두 아들까지 데리고 말이다. 이 사건으로 벤츠가 만든 자동차는 첫 장거리 운행을 한 자동차로 대중들에게 깊이 각인되었다.

이를 기념하여 2008년 독일에서는 베르타 벤츠가 왕복했던 경로를 따라 베르타 벤츠 메모리얼 루트(Bertha Benz Memorial Route)라는 이름을 붙여 관광 코스로 지정하기도 하였다. 재미있는 사실은 이동 중에 연료가 떨어진 그녀는 작은 마을이었던 비슬로흐(Wiesloch)의 어느 한 약국에서 석유 증류액인 벤젠(리그로인)을 구입하여 연료로 사용하게 되었고 그 약국은 지금도 세계 최초의 주유소의 타이틀을 가지고 운영되고 있다. 그녀의 여정은 세계 최초의 여성 운전자가 세계 최초의 가솔린 내연기관 차로 세계 최초의 주유소를 만든 재미있는 기록으로 남게 되었다.

이를 계기로 마이바흐, 포르쉐, 포드 등 자동차 산업의 발전에 기여한 회사들이 등장했으며 기술 발전에 따라 튼튼해진 차체, 서스펜션의 충격 흡수, 타이어의 밀착력 등 빠른 속력에 비례해 운전자의 안전성까지 겸비된 현대의 자동차까지 오게 된 것이다. 하지만 아이러니하게도 운전자 안전을 위한 자동차의 발전은 보행자에게는 위험한 발전이기도 하였다.

세계보건기구(WHO)에 따르면 전 세계적으로 매년 교통사고에 의해 약 5,000만 명의 부상자가 발생하고 약 130만 명이 목숨을 잃는다. 이 수치는 한 해 에이즈로 인한 사망자 수치의 2배가 넘으며 자궁경부암에 의한 사망자 수치의 4배이다. 게다가 자동차가 배출하는 이산화탄소가 지구온난화의 주요 원인 중 하나라는 것은 어린아이들도 알고 있는 사실이다.

과거 획기적이고 청정 이동 수단이었던 자동차의 발명은 현재 그 어떤 질병보다 인간에게 위협적이며 인류 미래에 커다란 악영향을 끼치는 최악의 발명품이 되어버렸다. 그런데도 세상에 여전히 존재하는 이유는 무엇인가? 궁극적인 이유는 단 하나밖에 없다. 이미 자동차라는 편리함에 익숙해져 이제는 절대로 포기할 수 없는 이동 수단이 되었기 때문이다.

"나의 할아버지는 낙타를 탔고 나의 아버지도 낙타를 탔지만
나는 메르세데스를 타고 나의 아들은 랜드로버를 탄다.
그의 아들도 랜드로버를 타겠지만
그다음 세대의 아들은 다시 낙타를 탈 것이다."

– 셰이크 라시드 빈 사이드 알 막툼
(Sheikh Rashid bin Saeed Al Maktoum)

아랍에미리트 연방의 부통령과 2대 총리 그리고 두바이 총리를 역임했던 셰이크 라시드 빈 사이드 알 막툼은 석유라는 자원 덕에 부흥했던 중동이었지만 석유라는 단일 자원에 의존하는 사회와 경제체제를 탐탁지 않아 했고, 석유를 축복이라기보다는 중독과 저주로 보았다. 석유화학 분야는 플라스틱, 아스팔트, 의류, 세정제, 윤활제 등 이미 연료로서의 역할뿐만 아니라 전기와 함께 문명사회를 유지시켜 주는 없어서는 안 될 자원이기도 하다.

저 많은 것들을 인간은 과연 포기할 수 있을까? 이것은 대체 자원 없이는 너무나도 어려운 과제가 될 것이다. 실제로도 옥수수나 콩 등을 이용해 바이오 플라스틱을 만들기도 하며 박테리아를 이용해 화석연료에서 발견할 수 있는 탄화수소 구조를 만드는 등 이미 여러 노력을 하고 있

긴 하지만 사회가 요구하는 수요를 따라가기 위해선 턱없이 부족하며 여전히 많은 연구와 개발이 필요하다.

우리는 이미 다양한 편리함에 깊이 빠져 있다. 인간의 끝없는 편리함 추구는 그 어떤 새로운 기술 혁신도 결국 충족시킬 수 없을 것이다. 새로운 기술 발전의 양극화는 경제적 충돌, 정치적 충돌, 윤리적 충돌 등을 불러온다. 이런 것들을 해결하기 위한 끝없는 관심과 고찰을 필요로 하지만 기술의 발전 속도는 사회적 시스템들이 따라가지 못할 정도로 빠르게 변화하고 있다.

인류 최악의 전쟁이었던 제2차 세계대전은 최대 7천만 명이라는 사망자를 기록했으며 인류 역사상 가장 치명적인 전염병이었던 흑사병도 최대 2억 명이라는 사망자를 기록했다. 하지만 지금 같은 무분별한 편리함 추구는 머지않아 극단적 환경 변화를 불러와 수십억 인구의 절멸로 이어지게 돼 있다. 어쩌면 인류의 미래를 위협하는 진짜 적은 질병도, 전쟁도 아닌 편리함일지도 모른다.

자연은 우릴 배신하지 않는다
우리를 배신하는 것은 언제나 우리들이다.

- 장자크 루소 (Jean Jacques Rousseau)

Epilogue

고통받지 말아야 할 이유가 없다

인간의 지난 역사를 보면 흥미롭다. 과거의 지식들을 들여다보는 즐거움도 있지만, 무엇보다 무엇이 어떻게 변했고 무엇이 변하지 않았는지 혹은 무엇이 발전했고 무엇이 퇴보하였는지 알 수 있기 때문이다. 물론 거시적인 역사도 좋지만 개인의 역사는 또 다른 재미가 있다. 한 명의 아주 개인적이고 사소한 생각까지 접하다 보면 먼 과거에 이런 생각을 할 수 있었다는 것이 경이롭기도 하고 때로는 현재의 관점에서 가소롭기도 하다.

이처럼 역사는 나에게 많은 질문과 생각을 남겼다. 그러자 언제부터인가 머릿속에 있는 추상적인 생각들을 정리하고 싶었고 그러다 보니 글로 옮겨 적게 되었다.

글을 쓰는 내내 나에게는 또다시 배움과 깨달음을 얻는 귀중한 시간이었다. 물론 이 역시 나만의 지극히 개인적인 생각이고 누군가에게는 경이롭고 누군가에게는 가소로운 이야기가 되기를 바랄 뿐이다. 내가 사람에 대하여 말한다고 하여 인문학자는 아니며 기후 위기에 대하여 말한다고 하여 환경운동가도 아니다. 그렇다고 어떤 특정 분야의 뛰어난 업적이 있는 위대한 사람은 더욱 아니다. 난 오히려 학위 하나 없는 평균 이하의 사람이고 그저 모르는 사람들의 도움을 받고 자라나 모르는 사람을 도우며 살아가는 사람일 뿐이다.

지금도 여전히 부족한 점이 많은 사람이지만 적어도 스스로에게 올바른 질문을 하기 위해 노력했고 나만의 방식으로 나라는 사람을 만들어 왔다. 이 책은 그렇게 살아온 나 스스로에 대한 보답이며 기록이다. 어쩌면 이 책에서 계속 등장했던 도덕심이나 윤리는 "절대 권력은 절대적으로 부패한다."는 정치가 액튼(John Emerich Dalberg-Acton) 경의 말처럼 절대 권력의 팽창을 막기 위해 옛사람들이 만들어 낸 안전장치가 맞을지도 모른다.

하지만 확실한 것은 인류 역사 속 무수히 존재했던 권력의 횡포는 점점 사라져 가고 있으며 균형을 위해 서로 타협하는 방향으로 인류는 변화하고 있다. 인간의 지배 본성은 쉽게 변하지 않겠지만 적어도 과거처럼 보란 듯이 표면에 드러내지 않는다는 것을 보면 안전장치가 나름대로 잘 작동해 왔다는 것을 알 수 있다.

마치 나아지는 세상을 증명이라도 하듯 하버드 심리학 교수이자 『우리 본성의 선한 천사』의 저자 스티븐 핑커(Steven Pinker) 역시 "우리가 살면서 겪는 온갖 시련에도 불구하고, 아직 세상에 남아있는 온갖 문제에도 불구하고 폭력의 감소는 분명 우리가 음미할 업적이다."라고 말하며 점점 평화로운 세상으로 변하고 있음을 주장했으며 『팩트풀니스』의 저자 안나 로슬링, 올라 로슬링, 한스 로슬링(Anna Rosling, Ola Rosling, Hans Rosling)은 전 세계 국가를 개발도상국과 선진국이 아닌 4단계의 국가경제지표로 제시하며 세상이 점점 더 나아지고 있다고 말했다.

무엇보다 의학의 발달과 주거환경 개선은 질병으로부터 많은 이들을 해방시켰고 점점 높아지는 교육 수준과 과학기술의 발달 그리고 경제적 풍요로움은 삶의 질을 향상시키고 있다고 말했다.

물론 나 역시 일부 동의하는 바이지만 한편으로는 편리하고 풍족한 세상이 살기에 마냥 평화로운 세상이라는 뜻은 아니라는 생각이 든다. 사회적 집단이라는 말이 무색하게 보이지 않는 서로 간의 관계적 거리감과 줄어드는 경제성장률에 대비하여 점점 늘어나는 우울증 및 자살률 그리고 산업혁명 이후 소리 없이 무너져 온 생태계는 평화로운 세상이라는 단어에 물음표가 생기게 만든다.

지금 우리는 결핍과 과잉이 극단적으로 치닫는 세상으로 진입하고 있다. 과잉은 과잉을 결핍은 결핍을 불러오고 결핍의 중독은 현실이 아닌 온라인 세상에서 행복을 추구하려 하며 과잉의 중독은 과시로 행복을 추구하려 한다.

남에게 피해를 주지 않는 이상 나의 자본을 들여 행복과 자유를 누리는 게 무엇이 잘못됐나 생각할 수 있다. 하지만 과연 어디까지가 피해일까? 그것은 누가 판단하지?

약 30년 전만 해도 버스나 비행기, 횡단보도 등 공공장소에서 흡연하는 모습을 전혀 이상하게 여기지 않았다. 더 먼 과거에는 오히려 흡연을 남자다움의 상징으로 여기며 전 세계적으로 권고하던 시절도 있었다. 하지만 많은 연구 결과 폐암에 직접적인 영향이 있음을 알아냈고 간접 흡연 또한 타인에게 악영향을 미친다는 사실이 밝혀진 이후 인식이 변한 것이다.

자원 소비 역시 마찬가지이길 바란다. 자신의 무분별한 과잉과 탐닉이 나의 미래에 어떤 악영향을 미칠지 그리고 내 아이의 미래에 어떤 악영향을 미치게 될지 알려고 해야 한다.

인간의 탐욕은 자연의 자가 치유 능력을 너무 믿고 있었고 식량, 화석 연료, 목재 같은 자원의 사용량을 폭발적으로 늘렸으며 덕분에 지난 몇 년간 세계 곳곳에 기록적인 가뭄, 기록적인 강우량, 기록적인 폭설을 불러왔다.

UN은 전 세계 인구가 2050년에는 100억 명이 넘을 것으로 예측한다. 사람이 태어난 순간부터 죽을 때까지 하는 모든 행위에는 자원이 소비되고 필연적으로 환경에 악영향을 미친다.

가장 중요한 것은 점차 식량 생산은 줄어들지만 인구는 점점 늘어나고 있다는 것이다. 이 말은 2~30년 후면 인플레이션과 경제적 양극화는 더욱 극심해질 것을 뜻하며 소수를 제외한 대부분의 사람은 풍요로움은커녕 식량난과 자연재해 및 질병, 그로 인해 따라오는 마음의 질병 역시 심화되는 악순환이 지속될지도 모른다는 뜻이다.

아무리 과학기술이 발달해도 기후를 조절하는 것은 불가능하며 자유민주주의 시대에 인구 조절 또한 불가능하다. 그렇다면 우리가 할 수 있는 것은 오직 개인, 기업, 국가의 제한적 자원 사용뿐이다. 쉽게 말하자면 인간이나 동물을 포함한 지구에 존재하는 모든 자원과 에너지는 필연적으로 순환되고 재생되어야 한다는 말이다.

지금 전 세계는 기후 위기라는 해결하기 힘든 거시적인 문제로 고통받고 있지만 사실 이미 많은 것을 누리며 살아온 우리는 고통받지 말아야할 이유가 없다. 누군가는 폭발적인 인플레이션이나 식량부족 따위 전혀 개의치 않을 수도 있고 미래가 어찌 되든 지금 당장의 쾌락을 위한 탐닉이 마냥 즐거울 수도 있다.

어쩌면 이미 티핑 포인트를 뛰어넘어 지구온난화를 막을 수 없을지도 모르고, 혹은 이미 커져 버린 인간의 쾌락 중독에 의해 건강한 인류 미래도 오지 않을지도 모르지만 나는 늙고 병들고 좌절이 가득한 세상보다 젊고 건강하고 균형 있는 세상을 그리며 자신만의 방식으로 먼저 앞서 간 자들을 존중하고 응원한다.

여태껏 인류는 충격적인 사건에 의해 혹은 작은 생각들과 움직임에 의해 위대한 변화를 만들어 왔다. 하지만 이제는 충격적인 사건 이후에는 변화의 기회가 없을지도 모른다.

인간은 이미 인간에 의해서 발생한 기후 변화, 무너진 생태계, 고립감, 우울증, 자살 등 점점 심각해지고 있는 사회적 문제들에 직면해 있다. 우리가 해야할 것은 한쪽으로 매몰되지 않는 건강한 정신과 마음을 통해 다가오게 될 고통에 각자가 책임을 느끼고 해결과 타협을 위해 작지만 의미있는 생각, 질문 그리고 행동을 하는 것이다. 자신을 위한다면 그리고 사랑하는 사람을 위한다면 반드시 알기 위해 노력하고 생각하라. 그리고 행동하라.

건강한 정신 균형 잡힌 마음을 품고

자신만의 영원한 젊음의 시간을 달리는

모든 이들에게

응원과 존경을 보낸다

당신은 고통받지 말아야 할 이유가 있나요

1판 1쇄 발행 2023년 6월 8일

지은이 장수용

교정 신선미   편집 이새희
마케팅·지원 김혜지

펴낸곳 (주)하움출판사   펴낸이 문현광

이메일 haum1000@naver.com   홈페이지 haum.kr
블로그 blog.naver.com/haum1000   인스타 @haum1000

ISBN 979-11-6440-358-5